金蒼生

風の声

新幹社

風の声——目次

一章　風騒ぐ

風は四方八方から吹きつけて、村で一番古い家を痛めつけた。石積みの隙間に泥を捏ね入れ、その上に合板を貼ってつくった部屋の隙間から風は忍び込み、布団を鼻先まで引き上げて眠っている雪芽《ソラ》の髪を乱した。布団にもぐりこんでいても聞こえるうねり昂ぶる風の音に、雪芽は何度も寝返りを打った。布団から顔を出し、溜息をついた。息が白い。ベッドから降りて電灯のスイッチを入れ、電気ストーブをつけた。家中が軋んでいる。外の様子が気になって窓を開けた途端に、雪混じりの風が雪芽の頬を打った。

風さえ無ければ一日の終わりには狭い庭に出て、月が出ていたら月に手を合わせ、曇り空なら眼下の沖合いに浮かぶ漁船の無事帰港を願って挨拶を送るのが、六十年ぶりに故郷の済州島に戻って来てからの雪芽の習慣だった。樹々の香りを含んだ夜気を肺の奥深く吸い込み、つつがなく一日を過ごせたことへの感謝を胸に眠りにつくのが雪芽の習慣となっていた。

庭に出るのをあきらめて布団にもぐりこみ、荒れ狂い、吹きすさぶ風の音を聞きながら雪芽は思う。音じゃない。あれは声だ、泣き叫んでいる人々の声だ。そのなかにはわたしの声も混じっている。そして、冬芽《トンア》の声も。

カーテンの隙間から柔らかな陽差しが降り注いでいた。昨晩の風が嘘のように凪いで、蜜柑畑の上には青空が広がっていた。庭の窪みのあちこちに風に吹き寄せられた落葉や小枝があった。雪芽はそれを箒で掃き集めて防風林の根元に撒き、足で踏み固め、防風林を見上げた。それぞれの蜜柑畑を区切るようにして植えられている松は、青空を目指してどこまでも伸びていくかのようだった。雪芽の脳裏に幼い頃に見上げた榎の残像が浮かんだ。雪芽は家に戻つて厚手の上着を羽織り、帽子をかぶって家を出た。

緩やかな山道を下りながら、改めて周囲を見渡した。六十年前の風景を思い出そうとしたが、かつては無かった蜜柑畑が広がり、茅葺きの家があった辺りには瀟洒な住宅が建っていた。雨が降ればコムシン（舟形に成型したゴムの靴）に水が滲みこんだ石ころだらけの道も舗装されていた。雪芽は山道の途中で立ち止まり、途方にくれた。

眼下の海に向かって突き進むかのような、足早に急ぐ母の背が見えたような気がした。母の背を追うように雪芽は先を急いだ。やがて道は二手に分かれた。右は急な下り坂で、先には雑木林が広がっていた。小さな橋を渡ったような記憶が蘇った。雪芽は左に曲がった。当時の記憶を呼び起こそうにも、かつての故郷はどこにも無かった。ただ昨晩の荒れすさぶ風の音は、ああ故郷に戻ってきたのだと雪芽に実感させた。やがて大きな橋に出た。雨が降らない限り、川底に水を湛えることの無い乾いた川だ。雨はこの川を流れて海に至る。欄干から川底を眺めた。巨大な岩が川底を埋め尽くしていた。道の端から滑り降りて、乾いた川の岩場でかくれんぼをしたような……。

かくれんぼの相手は冬芽だ！　冬芽は川底で足を滑らせ、そのはずみで岩の角で額を切った。冬芽の額から流れる血を見て、雪芽は冬芽が死んでしまうのではないかと怯え、体の震えが止まらなくなった。冬芽は川のそばを通りかかった村人に背負われて家に戻った。母は血で汚れた冬芽の顔を布で拭い、何度も深い安堵の息を吐いた。傷は浅く、髪のはえぎわだったのだ。冬芽が寝入った後、雪芽は母に竹箒の柄で背中を何度も叩かれた。冬芽が無事だったこと、何だか悔しいこと、痛いこと、それらがごっちゃになって泣き続け、夜中に熱を出したことを思い出した。

川のすぐ横に小さな商店があった。バス停が近くにあるので、乗降客を見込んで煙草や飲料水などを売る小さな店だった。缶コーヒーとチョコパイを二つ買った。村の小学校が近くにあるので、箱入りのチョコパイは子どもたちの小遣いでも買えるようにと箱から出され、一つからでも買えるのだった。雪芽は思い立って軍手も買った。買い物ついでに、榎の大木のある場所を尋ねた。

「うん？　あんたニッポンサン？」

ニッポンサンというのは、日本人ですかという意味なのだろう。六十年近く日本で暮らしてきた雪芽の韓国語は、通じはしてもたどたどしい韓国語になっていたらしい。

雪芽は咄嗟に嘘をついた。六十年ぶりに故郷に帰って来たのだとは言えなかった。ましてや、四・三の狂風を逃れるために幼い頃に日本に密航したのだとは言えなかった。

「日本人ではなく、在日僑胞です」

「ああ、そうかい。で、御神木のことをどうして？」

雪芽は適当な理由をつけて、榎の大木のある場所を聞き出すことができた。

「この先をずうっとずうっと歩いていくんだよ。まだかな、まだかなと思った頃に左を見てごらん。御神木が見えるから」

子ども相手の商いをしているからなのか、優しく教え諭すような老人の口調だった。雪芽は礼を言い、教えられたとおりに歩を進めた。この道を歩いたことがある。そう、冬芽と一緒に。

母を挟むようにして、雪芽と冬芽が眠っている。母は左右から伸びる二人の手を邪険に振り払うこともあれば、優しく包み込むように撫でさすることもあった。

「冬芽、母ちゃんがいない」

「便所だろ、何で起こすのよ。いい夢見てたのに」

冬芽は背を向けてまた眠り始めた。雪芽は花の名を順繰りに思い浮かべた。ばら、つつじ、れんげ、ききょう……。次に動物を十数え始めた。ぶた、うし、あひる、いぬ、ねこ、やぎ……。その次は木の名を数え始めた。すぎ、えのき、まつ……。後が続かない。

雪芽は辛抱しきれなくなって、また冬芽を起こした。

「冬芽、母ちゃんが帰ってこない。起きて、冬芽」

「もうっ。帰ってくるって。そこまで来てるよ」

「そこまでって、どこに行ったのよ。探しに行こう。冬芽、お願いだから、一緒に探しに行こう」

雪芽の剣幕に押されて、しぶしぶ冬芽は体を起こした。二人は母を捜しに家を出た。夜が明け始めたばかりで、まだあたりは薄暗かった。家を出たもののどこに向かえばいいのかわからない。右手は山に向かう道だ。木立がざわざわと揺れて、まるで怪物が待ちかまえているようだった。二人は山道に背を向け、手をしっかりつないで乾いた川をめざして走った。橋を渡り、その先に続く道を走った。息が切れ、二人して地べたに座り込んだ。

「この道でいいのかなあ」

「じゃあ、雪芽は山に行って探したら？　トッケビ（子鬼、おばけ）うじゃうじゃ」

「冬芽は気がきつくて困るって、父ちゃんが言ってた」

「ふんっ。おまえは気が弱くて困るって母ちゃんが言ってた」

雪芽は涙をこらえて歩き出した。双子の姉の冬芽を引っ掻いてやりたかったが、力でも言葉でもかなわなかった。前方に先を急ぐ母の背が見えた。

「冬芽、母ちゃん、母ちゃんがいたよ」

冬芽は口に指を押し当てて、シッ！　と言った。

「びっくりさせようよ」

二人は音を立てないように、そろりそろりと母の後をついて行った。

「わああ、すごい大きな木だあ」

雪芽と冬芽は二人して榎を見上げた。夜が明けて仄白くなった空を覆い隠すような大木だった。まだそこには夜が居座っているようだった。母は榎の根元に近づき、腰を下ろして手を合わせた。両手をこすり合わせるようにして一心不乱に祈っている。雪芽と冬芽は母の様子に気圧《けお》されて声も出せずに見ていた。

「おいで、そこにいるのはわかってんだから」

二人は母の声に喜び勇んで、その体に飛びついた。

「ねえねえ、何をお祈りしていたの？」

雪芽と冬芽が同時に聞いた。母が自分の口元に指を押し当て、シーッと言った。

「人に言うもんじゃないんだよ。お祈りは自分の胸にしまっておくものなんだよ。いいかい、家に帰るまで声を出しちゃあいけないよ。この村の御神木さまはうるさいのがお嫌いだからね。さ、ついておいで。足元に気をつけるんだよ」

母は何度も二人を振り返りながら、藪の中の小道をゆっくり進んで行った。小道が尽きたあたりに土を踏み固めてつくられた段差があった。母はそこまで来ると、二人の手を取って下に下ろした。

「夏になったら来ようね。ここは体を洗う泉だよ」

藪に覆われた間から水が湧き出ていた。

「そして、ここは飲み水だ。汚い手を突っ込んじゃ駄目だ。御神木さまにお供えする水だからね」

母は手に提げていたパカジ（瓢《ひさご》。瓢箪の中身を取り去り乾燥させて容器にしたもの）に水をなみなみと入れた。

「さ、御神木さまにお供えしに行こう」

榎の太い幹から無数の枝が拡がっていた。その葉先を見届けようと首をめぐらせた記憶がよみがえった。


雪芽の目の前の榎はかつての榎ではなかった。太い樹幹の一部は空洞だった。腐蝕剤が塗られ、倒壊を防ぐために鉄柱で支えられていた。横に大きく伸びた枝はワイヤーで近くの若い木に結び付けられていた。この場所に根付き、五百年を生きてきた榎は満身創痍だったが、半ば枯れた枝の一部から若い枝が葉を茂らせていた。村人が折に触れ、この榎の前で家族の安寧を祈り続けてきた場所は、整地され、定規を当てたように削られた石垣に囲まれていた。榎は済州道の保護樹に指定され、手厚く守られていた。

雪芽は岩場を探した。母が御神木にお供えするために水を汲みに行った場所だ。近くにあるはずだ。記憶にある小道の方角には大きな道路がつくられており、子供の雪芽や冬芽でも下りることができた岩場は、道路によって寸断されていた。水場の周辺は階段も造られていたが、そこに至る道が閉ざされており、表示板が立っていた。かつては村人たちがこの水場を利用して、飲料水にし、体を洗いもしたと書かれていた。

竈に火をくべていた母は何度もため息をついていた。ふかしあがった芋を笊に入れ、雪芽と冬芽を呼んだ。熱い芋に息を吹きかけ、交互に持ち替えながら食べる二人を眺めていた母は、やにわに立ち上がり、竈の煤を手につけて戻ってきた。

「何するの、母ちゃん！」

雪芽と冬芽の顔に煤が塗られた。母はため息をついた。また立ち上がり裁縫箱から鋏を取り出した。

「母ちゃん、どうしたの？」

母は冬芽の後ろに回り、三つ編みにして背中に垂らしていた髪の先をつかんだ。雪芽が母を突き飛ばし、二人は抱きあって泣きはじめた。母も泣き出した。

「どうすれば、おまえたちを守れるのかねえ。三八《サムパル》タラジ（西北青年会を指す。北から38度線を越えて南下して来た極右反共団体）があちこちで言葉にできない悪さをしてるんだよ。若い女を見かけたら、もう見境なしだって言うよ。子どもだってお構いなしだ。ましてやお前たちが双子だって知ったら……。いいかい、同じような格好するんじゃないよ。さあ、雪芽が髪を切るかい、それとも冬芽の髪を短くしようか。ああ、いっそ丸坊主にして、チマ（民族衣装のスカートにあたる部分）の代わりにパジ（民族衣装のズボンにあたる部分）を履かせようか。ああ、そうしたらお前は山に上がって暴徒に連絡をつけるつもりだろうと難癖をつけるに違いない。お前も暴徒の手先だろうって何日もひどい目に合わせるだろうよ。女の子でも駄目、男の子でも駄目、ああ、どうしたらいいんだろう。お前たちをどうしたら守れるんだろう」

母は自分の胸を叩き、床を叩きながら泣いた。雪芽が母の手に握られていた鋏を裁縫箱に戻し、冬芽が母の布団を敷いた。母を真ん中にして三人が横になった。雪芽は母の腋に顔をうずめ、冬芽は母の肩に顔をあずけた。母が再び鋏を手にすることができないように、二人とも母の手に自分の手を絡ませて眠った。

タンッタンタンタン

寝室から希東《フィドン》が呼んでいる。食道癌で声すら出せなくなった夫が、竹の定規を叩いて冬芽《トンア》を呼んでいる。冬芽はたたみかけていた洗濯物から手を離し、寝室に行った。

「どうしたん？」

希東が手にしていた定規から手を離した。半身を起こした希東は手で自分の胸を何度も押さえた。

「痛いの？　鎮痛剤貼ろうか？」

希東の表情が明るくなる。癌は既に脳に転移していた。

「一、二箇所なら手の施しようもあるのですが、癌が脳全体に霧のように立ち込めているのです……」

医者の言葉がよみがえる。水すら飲みづらくなった希東の腹には胃瘻《ろう》という新しい口がある。日に四回、胃瘻カテーテルを通してその口に液体栄養剤を注入するのは冬芽の役目だ。病院で特訓を受けた。痛みを訴えると栄養剤のなかに鎮痛剤を混ぜて入れるのだが、「食事」の時間ではなかった。そんな時のために貼る鎮痛剤があるのだった。

「すぐに楽になるからね」

冬芽が声をかけると、希東がうんうんと嬉しそうに頷いた。希東の表情が明るくなるのは、鎮痛剤を注入するときか貼るときだけだ。癌の痛みがどれほどのものか、痛みから解放されることだけが、希東の日常のすべてになっている。冬芽を妻だと認識しているのかどうかも曖昧だ。せめて優しい看護士さんでいようと冬芽は思う。窓を少し開ける。口を開けることがほとんど無くなった希東の口臭がきつい。ぬるま湯に洗口液を入れて口をすすがせようとしたが、希東は半身をベッドに持たせかけたまま眠っていた。頰が薄桃色に染まっていて、ああ、痛みが遠のいたのだなと冬芽は安堵し、そっと戸を閉めた。

日本の大学卒業後に大阪朝鮮高校の日本語教師となって長らく教壇に立ち、その後は各地の朝鮮学校校長を歴任した希東だった。人生の大半を在日子弟の教育に情熱を注いできた夫だった。その表情や立ち居振る舞いに染み付いた権威が、癌が脳に転移してからは跡形も無く消え、ただ痛みが消え去ることだけを願う幼児のようになっていた。冬芽の前にいるのは紛れも無く長年連れ添ってきた初老の夫なのだが、時折、四、五歳の頑是無い子どものような行動をした。トイレに付き添い、ベッドに寝かせる前にスリッパを脱がせる。希東は足をスリッパに戻す。冬芽がスリッパを脱がせる。希東は足をスリッパに入れる。その繰り返しが続いたとき、冬芽はつい声を荒らげた。希東は下唇を嚙み、上目使いで冬芽の顔をうかがいながら、ほとんど出ない声でコワイと言った。これが本当の幼児なら、まだ眠くないの？　とか遊び足りないの？　と声をかけるだろうが、目の前にいるのは老人となった夫だった。疲れていた冬芽は、幼児に戻った夫をそのまま受け入れることができず、つい声を荒らげてしまったのだ。

「冬芽、僕は踏みとどまらなあかん立場なんだよ。君が行くのを止めはしない。君は済州島で生まれた人間だ。雪芽さんが晩年を済州島で暮らすという。いろいろ手助けしてやりたいやろうし、六十年ぶりの故郷だ、胸おどる思いやろう。君は行っておいで。けれど僕に一緒に行こうとは言ってくれるな。それは僕に国籍を変えろということなんだよ。

うちのオモニは僕が物心ついたころから済州なまりの朝鮮語を教えてくれた。民族の魂を教えてくれたんや。七歳のときに朝鮮学校に入学した。楽しく通ってた。それが一年後に閉鎖や。阪神教育事件（一九四八年一月、連合軍総司令部の指令を受けた日本政府が「朝鮮人学校閉鎖令」を発令。全国各地で抗議行動が起きる。大阪では三万人を超える大規模集会が開かれ、大阪市警は放水、暴行で取り締まり、警察が発砲した銃弾によって十六歳の金太一少年が死亡した）が起こったんだ。冬芽、済州島で四・三事件が起こった年だよ。僕は無理やり日本の小学校に編入された。冬芽、君と出会ったのはその頃や。もうその頃にはオモニの話す朝鮮語さえ聞き取れんようになっていた。済州島から来た君たち二人が済州語で会話してるのを聞いても、何を言ってるのかさえわからなかった。オモニは情けなかったやろう。故郷の済州島から来た君たち二人を前にして、僕が日本語しか喋れず、日本人のように育っているこの僕が、情けなかったと思う。

日本学校に通い出すと朝鮮語を忘れ、民族の根っこさえ否定するような二重人格的な生活をするようになる。僕がそうだった。大学生のときに留学同（在日本朝鮮留学生同盟の略。日本の各大学で学ぶ同胞学生が集う学生団体）に入り、根本から生き方を改めようとした。朝鮮語を一から学びなおした。僕が大学卒業後に朝鮮学校でずうっと教師をやってきたのは、子供らにこの日本で胸張って生きて欲しいからだ。この日本でも朝鮮人として生きること、それがオモニの願いだった。今は行けん。朝鮮籍を韓国籍に変えることを条件にパスポートを出す国に、僕が行けるわけがない。死ぬまでに一度だけでも故郷の土を踏みたいとうちのオモニや一世たちが、故郷訪問団の誘いにも屈せんと踏ん張ってきたのに、この僕が行くわけにはいかんのや」

希東の低い声がよみがえる。雪芽が晩年を生まれ故郷の済州島で暮らそうと決意した時期と、希東が食道癌末期だと宣告されたのはほぼ同時期だった。低くよく通る声が次第にしゃがれ声に変わっていった。最後に希東と言葉を交わしたのはいつだったろう。癌で狭くなった食道に消化管金属ステントを留置し、押し広げる施術さえも不可能だと言われ、やむなく胃瘻を選択した。食べる喜びを奪われてから、希東の状態は目に見えるように悪化していった。

　もう一度、希東の低い声で、自分の名を呼んでほしいと冬芽は思う。ひとつ年上の冬芽を希東はずっと「ヌナ（姉さん）」と呼んでいた。付き合い始めた頃もそれは変わらず、それが冬芽の名前であるかのように希東の口に馴染んでいた。結婚初夜に希東が意を決したように初めて、冬芽《トンア》と呼んだ。その低く震えをおびた希東の声が耳底に残っている。

　希東は初めて出会った頃よりも、ずっと前の子どもに戻ってしまった。ひとつ年下の少年は、学校から帰ると痩せた体で自分の体よりも大きい自転車にダンボール箱を積み、町工場へ配送するのが日課だった。子どもに戻った希東が成長することは無い。少しずつ癌が希東の脳と体を蝕んでいくだろう。介護者を確保したとしても、いつ容態が急変するかわからない希東をおいて、たとえ数日でも家を空けるわけにはいかず、冬芽は片時も希東の傍を離れたくなかった。

　雪芽は済州島に向かった。冬芽は関西空港で雪芽の一人娘の伽倻と二人で見送った。

「オモニの強情さに根をあげました。もう七十近いのにって。孫の面倒見ながら気楽に暮らして欲しいいって何度も言うたんですけど。七十近いから行くんやと言い張って」

「雪芽の強情さは元気の証しやと思うわ。いくら故郷でも、もう六十年やよ。知り合いがおるわけでもないのに……。それでも故郷が恋しい、両親の生死を確かめたいって。わたしも懸命に止めたんやけどね。せめて数日の観光にしたらって言うたんやけど、自分の心と根は済州島にある、あの地で生きなおしたい、もう何をどう言うても……」

「心配は心配ですけど、今はメールもあるしね、何かあってもすぐに連絡とれるから」

「そやね、昔なら手紙が届くのに十日以上はかかったもんね。私も雪芽と連絡とりあうために、この年でパソコンの特訓受けたわ」

飛行機が飛び立った。大阪から済州島までものの二時間もかからないこの距離を六十年前、雪芽と冬芽は風呂敷包みを手に暗い船底で数日を耐えたのだった。冬芽は自分の掌をみつめた。二人は決して手を離すんじゃないよと母に言われて、揺れる船底でもしっかり互いの手を握りあったのだ。冬芽の掌から雪芽の掌の温もりが消え、握るものが無くなった掌を冬芽はコートのポケットに押し込んだ。

タンッタンタンタンタンタン
希東が定規でベッドの木枠を叩いている。あ。冬芽は腰をあげた。

済州邑老衡里　戸主　金永求39　農業　檀紀四二八一年11月19日　暴徒が村を襲撃時に戦死　呉汝春37　妻　金京奉19　長男　金京俊12　次男　金京保9　三男　生活状態貧困／済州邑老衡里　戸主　高順卓42　農業　檀紀四二八一年11月19日　被槍　玄吉寿38　妻　金成幸68　母　高芳起10　長男　高芳年8　次男　生活状態困窮／済州邑老衡里　李義元23　長男　農業　檀紀四二八一年11月19日　被弾　李鐘喜52　父任正栄50　母　李義哲20　次男　権淳良74　祖母　生活状態普通／済州邑老衡里　康漢成39　長男　農業　檀紀四二八一年11月19日　戦死　康明宇75　父　金恵連40　妻康東望34　次男　康東賢30　三男　康東辰28　四男　生活状態普通／済州邑老衡里李基浩28　次男　農業　檀紀四二八一年12月7日　左翼掃討のため特攻隊小隊長として活動中に暴徒に被殺　李栄原60　父　林菊秋56　母　呉童己26　妻　李基然31　長男　李基烈25　三男　李福順3　長女　李明順1　次女　生活状態普通／済州邑老衡里　戸主　梁啓元29　南労党員　檀紀四二八一年12月10日　軍によって銃殺　金善銀27　妻　梁好純8　長女　梁好鈴5　次女　梁将根3　長男　生活状態困窮／

粗末な紙に手書きで書かれた檀紀四二八一年－一九四八年の死者の記録。各調査官の性格が滲み出ていた。死者に寄り添うように一字一字丁寧に書かれたものもあれば、走り書きのような判読しがたいものもあった。本籍地、続き柄、姓名、年齢、性別、職業、日時、場所、事由、遺家族、生活状況。すべての事柄を埋めた用紙もあれば空欄が目立つ用紙もあった。雪芽は一枚一枚にじっくり目を通した。父、高千基《コチョンギ》、母、李善姫《イソニ》の名前が記されてはいないだろうかと慄くような気持ちでおびただしい死者の記録を読み続けた。

　血の匂いが立ちあがる当時の警察文書を読みながら、雪芽はこみあがる吐気を懸命にこらえた。名前を見つけたいのか、名前が無いことを願うのか。ぶ厚いファイルに綴じられた死者の記録を一枚一枚繰りながら、雪芽は自問を繰り返す。

　遺家族の欄に聞き覚えのある名を見つけた。

朴潤浩《パクユノ》11　長男。

潤浩？　その横に玄末伊73　祖母とあった。父は朴源洙40。銃殺と記されていた。記憶のなかの潤浩は同年代の少年より頭ひとつ背が低かった。母親は彼を産み落とすと同時に命尽きた。いつも眉間に皺を寄せている父親と祖母との三人家族だった。潤浩の右眉には大きなほくろがあり、子どもたちのからかいの種だった。そんなとこに小豆くっつけて、それで小豆粥つくったらさぞかしうまいだろうなとはやしたてた。なかには指を伸ばしてそのほくろをむしりとろうとする真似をする者もいた。いつもその背に小枝や薪の代わりになる物を背負っていた潤浩は、その場を足早に通り過ぎた。聞こえないのか、聞こえないふりをしているのか、そんな潤浩の態度に子どもたちは彼を取り囲み、あれは小豆じゃないよ、母ちゃんの乳首がくっついてるんだよ、おらも吸いたい、ちゅうちゅうと口を近づけた。何を言われても相手にしなかった潤浩は背負い子を下ろし、担いでいた枝を振りかざした。

「てめえ、もう一度言ってみろっ」

「こいつ、口が聞けるんだ、小豆が口を聞いたぞお」

子どもたちは蜘蛛の子を散らすように逃げて行った。

村には川が流れ、泉の湧き出る場所もいくつかあった。そのため他所の村から水甕を背負って、この村を行き来する者が多かった。潤浩もその一人だった。水の入った水甕を一滴でもこぼすまいとそろりそろりと歩をすすめた。小さな体が押し潰されそうだった。

「母ちゃん、潤浩はいつも水甕背負ってるから、あんなにチビなの？」

「潤浩？　ああ、隣村のあの子。あの子は不憫な子だよ。母親の顔さえ知らない不憫な子だよ。冬芽、おまえは思ったことをすぐ口にする悪い癖がまだ直らないんだね」

「母ちゃん、じゃあ誰が潤浩におっぱいあげたの?」

「婆さまがね、あの子を抱いてあっちの村、こっちの村とお乳の出る人に頼んでお乳を吸わせてもらったんだよ」

「ふうん、だから潤浩の眉毛にお乳みたいなのがくっついてるんだ」

「雪芽、おまえもいい加減にしなっ。その辺の悪童みたいなことを言うもんじゃないよ。あの年であんなに健気な子はいないよ。父親助けて畑仕事をして、婆さま助けて水汲んで。あの子が遊んでるところを見たことがあるかいっ」

母親の剣幕に二人はそろりと部屋を抜け出し、味噌甕や醤油甕、穀物の入った甕が置いてある庫房《コバン》に行った。

「ねえ、なんで母ちゃんは急に怒り出すんだろう?」

「火病《ファビョン》だってさ」

「火病って何?」

「雪芽は何にも知らないんだね。火病って、言いたいことも言えなくて、我慢して、我慢してるとかかる病気なんだって」

「母ちゃん、何を我慢してるの?」

「雪芽、うちには父ちゃんがいるのに、ずっと帰って来ないじゃん」

「あ、父ちゃんのことを言うと急に、口にするんじゃないって怒鳴るよね。あ、火病かあ。母ちゃん、病気だったんだ」

戸を開ける音がした。二人は甕の間に身を縮めた。

「どうやら、ここに大きな鼠がいるようだね。コソコソガサゴソ、麦の減りが早いと思ったよ。さあ、長い尻尾を捕まえてブンブン振り回してやろうか、それとも……」

雪芽と冬芽は同時に甕の間から飛び出して、母に抱きついた。


あれは梅雨時のことだった。やっと雨がやんで久しぶりに太陽が顔をのぞかせた。雨が降らない限り川底に水を湛えない川も岩の間に水を溜め、そこは子どもたちの格好の遊び場になった。冬芽が岩の角で額を切ってから、川には近づくなと母から硬く言い渡されていたが、二人はべたつく体を洗いに行こうと目配せをして家を出た。そろりと岩場を降りた。子どもらが競い合うように水をかけあって、はしゃいでいた。

「ね、もうちょっと奥に行こう。魚がとれるかもしれないよ」

「魚？　魚がいるの？　でも、川に行ったことがばれるよ」

「雪芽は怖がりだねえ。なら、いいよ。あたし一人で行くから」

冬芽は雪芽を置いて、岩の間を縫うように先を進んだ。雪芽はどうしていいかわからず、足首まで溜まった水を足で叩いた。そのうちに戻ってくるだろうと思った冬芽がなかなか戻って来ない。焦れた雪芽は冬芽を探しに行くことにした。上流に進むほど子どもたちの姿はまばらになり、やがて雪芽だけになった。子どもたちのいない川は静かで、岩場の水は透きとおっていた。雪芽は腰をかがめて水面に目を凝らした。水底の石が陽を浴びて反射し、首の角度を変えるたびにきらきら輝いた。見とれているうちにバランスを崩し、雪芽は尻餅をついた。水が胸元まで濡らした。立ち上がろうとするが足がすべって思うように立ち上がれない。目の前に太い枝が差し出された。それを摑んで、雪芽はずぶ濡れになった体を立てた。枝の先に潤浩の顔があった。

「あ、小豆粥《パッチュツ》」

潤浩は枝を離した。雪芽はもう一度、尻餅をついた。

浴槽に湯をはる。風呂場の小さな窓から陽が降り注いでいる。夜には気温が下がるので、風邪でも引かせたら大変だと昼に希東を風呂に入れることにした。カテーテルで「食事」をさせた後、希東はベッドの背にもたれてテレビ画面を見ている。その内容が理解できているのかどうか心もとないが、「お風呂に入るからね、眠ったらあかんよ、起きててね」と声をかけたのを希東は守っている。浴槽に湯が溜まる間に、冬芽は希東の着替えを準備し、居間のストーブをつけて部屋を温めた。

冬芽は希東の手を取って立ち上がらせる。居間で希東の寝間着を脱がせる。希東は棒のように突っ立ったままだ。上着を脱がし、ズボンを脱がし、パンツを脱がせる。裸になった希東を浴室に導く。程よく温まった湯を希東の下半身にかける。希東を浴槽に入らせる。希東は久しぶりの湯に気持ちがいいのか、両足を伸ばして目を閉じている。足の間の萎びた性器。陰毛が揺らいでいる。冬芽は上着の腕をまくりあげ、垢すりタオルに石鹸をこすりつけて泡立てる。「さ、こっちに来て」希東が目を開け、冬芽の顔を見る。澄んだ目だ。冬芽を信頼しきっている赤子のような目だ。冬芽がうなずくと希東もうなずき返す。冬芽が手を差し伸べると、希東はその手を摑んで浴槽から出てきて、風呂椅子に腰を下ろした。「頭から洗うからね」希東は両耳を押さえた。聞きわけのいい幼児のようだった。垢すりタオルで背中を洗う。一週間ほど前には冬芽が背中を洗い終わってタオルを差し出すと、希東はそれを手に取って自分の体を洗ったが、今日はなされるがままだ。冬芽は希東の腕を取って洗い、希東の両足を洗った。足の爪が伸びている。爪に透明感は無く、蠟のように白く濁っていた。医者は癌が全身に転移していると言った。癌は爪にまで影響を与えるものなのだろうか。爪を見ると全身の健康状態がわかるという。爪にまで影響が出ているのだろうか。かがんで希東の体を洗っている冬芽の目の前に、希東の性器があった。もうずっと若い頃、子どもができる前は希東と二人で風呂に入って互いの背中を洗いあい、泡のついたままの体で行為に及んだことがしばしばあった。風呂場は声が響くぞ、声出すなよ、我慢せえよ。狭い浴槽の中でからみあい、突き上げられると浴槽のなかで湯がはね、風呂場の壁に当たって頭からずぶ濡れになり、洗った髪をもう一度すすがねばならなかった。ここも丁寧に洗ってやるべきなのだろうが、冬芽は手を触れることができず、シャワーの湯をかけた。

希東を立たせ、バスタオルで体を拭き、手早く着替えさせてベッドに導いた。マグカップに白湯を入れ、ほんの少しだけ口に含ませた。唇を湿らせるぐらいの分量だ。「風呂上がりのビールはうまい！」と腰にバスタオルを巻いただけの格好で仁王立ちになって、缶ビールを飲む希東を思い出した。口から摂取できないので、管を通して栄養を胃に送り込む。管に夫の好きなビールや酒を入れるとどうなるのだろう。適量ならほろ酔い加減になり、度を越すと酔っ払うのだろうか。酒豪といってもいい希東の酒癖に悩まされたことのある冬芽だが、今はそんなことさえもなつかしく思い出される。冬芽はそんな思いを振り切るように浴室に入り、湿った服を脱いで体を洗った。希東が寝入ったのを見届けて寝室のドアを閉め、冷えた缶ビールを飲んだ。

玄関のチャイムが鳴った。昼下がりのこんな時間に誰だろう。戸を開けると義母が立っていた。

「オモニム（お義母さん）、どうしはったんですか？　さ、どうぞ」

義母の息が荒い。冬芽は義母の前にジュースの入ったコップを差し出した。義母はそれを一息に飲み干した。

「アイゴ、希東《フィドン》がまともやったらなあ……」

義母は寝室に入り、眠っている息子の顔を見下ろした。

「アイゴ、アイゴ……」

義母は食卓の椅子に腰を下ろした。

「アイゴ、怖くてたまらんよ。鶴橋駅裏手のあばた婆さんに、にんにくの醤油漬けを届けに行ったんだよ。おいしく漬かったからね。あ、冬芽の分も持ってきたよ」

義母は玄関に戻り、手押し車の中からインスタント・コーヒーの空き瓶に入れたにんにくの醤油漬けを取り出してテーブルに置いた。

「コマッスダ（ありがとうございますの済州語）。で、何があったんですか？」

「ゆっくり手押し車を押しながら歩いてたら、急にそこのチョーセン婆あ！　て怒鳴られたんや。うちのことか？　あたりを見回したら、もう一度、おまえや、そこのチョーセン婆あ！　て言われたんや。ガード下の自転車停めるとこに人がいっぱい集まってて警官もおった。日本の旗持って振り回して、ニヤニヤしながら、チョーセン臭い、汚いチョーセンのつくるキムチ買うなとか、チョーセンはチョーセン帰れ！　チョーセンは四つ足で歩け！　とか怒鳴っててんねん。警官らはそいつらを取り囲んで何もせえへん。うちは頭に血がのぼって近づいて行った。うちらが何をしたと言うねん、うちらは何の悪いこともしてへん、チンピラみたいなお前らに馬鹿にされるような生き方はしてない！　言い返してやろうと思って近づいて行ったら、目を真っ赤にした若い子らがハルモニ（お婆さん）、近づいたらあきません、相手にしたらあきません、言うて、どこまで行くんですかと聞いて近くまで連れて来てくれたんや。あいつら、何や、何者や！」

冬芽は義母に二杯目のジュースを差し出した。コップを手にした義母の手が震えている。

「ああ、希東がまともやったらなあ。あいつらに、お前ら、何者や！　言うて黙らせてくれるのになあ……」

「在特会」の奴らだろう。日の丸を掲げて、ありもしない在日の特権を言い募り、在日コリアンへの憎悪をかきたてている集団の姿をテレビで見たことがある。日本のなかで在日コリアンが最も多く暮らすこの大阪、それも冬芽たちが暮らすこの鶴橋にまで遠征して来たというのか。背中に虫が這うようなざわざわした感触を感じて、冬芽は身を震わした。

「アイゴ、せっかくあばた婆さんに届けようと思ってたにんにくの醤油漬け、忘れてしもうたわ」

「オモニム、うちの人が眠ってる間に一緒に行きましょ」

「そうか、一緒に行ってくれるか。ああ、思い出すだけでも怖いわ。血圧あがるわ」

冬芽は義母と一緒にあばた婆さんの家に向かった。済州島の近くの村で育った二人は、日帝植民地時代に両親に伴われて玄海灘を渡り、幼い頃から日々の糧を得るためにゴム工場などで働いてきた仲だった。あばた婆さんは物心ついた頃に天然痘にかかり、満足な治療をほどこされなかったために顔にその跡が残っていたが、生来の明るさと真面目な性格がかわれて結婚もし、孫にも恵まれた。冬芽はいつ会っても笑顔を絶やさないそのあばた婆さんが大好きだった。義母は今日の出来事をあばた婆さんにあまさず伝え、二人して憤慨し、にんにくの醤油漬けを肴に、あばた婆さんがつくった絶品のマッコリ（濁り酒）を呑むだろう。

……オモニム、ほどほどにね。

二人の姿を想像して、冬芽の頬にえくぼが浮かんだ。鶴橋駅を過ぎ、四つ角の細工谷交差点にさしかかった。スピーカーのキーンとする耳障りな音がした。音のするほうに目を向けた。十数人の警官が彼らを守るように取り囲んでいた。警官の間から何本もの日の丸と旭日旗が突き出ていた。冬芽は近づいた。

チョンコ（朝鮮人に対する蔑称）、チョンコ、出て行け、チョンコ！　プラカードの文字を読んだ。『良い朝鮮人も悪い朝鮮人も殺せ！』ここは日本だ、出て行け、チョンコ、チョンコ！

冬芽にはチョンコの大合唱が、暴徒《ポット》、暴徒に聞こえ、胃から込みあがる苦いものを飲み下そうと道路脇にしゃがみこんだ。大丈夫ですか？　通りすがりの若い女性がかがんで冬芽の顔を覗き込んだ。あ、ありがとう、もう大丈夫。女性が手を差し出した。冬芽は女性の手をとって立ち上がった。甘い髪の香りを嗅いだ。汗びっしょりですよ、本当に大丈夫ですか？　あ、もう、本当に大丈夫。ありがとね。女性の後ろ姿を見送りながら、冬芽は大きく息を吐いた。

雪芽と冬芽は陽のよくあたる庭先で豆のさやをむいていた。時折、その豆を相手の顔にぶつけたり、豆殻を吹きかけては、母に食べ物で遊ぶんじゃないよと叱られた。隣のおばさんがやって来て母としばらく話し込んでいた。母は二人に向き直り、おいでと短く言った。母の眉間に皺が刻まれた。母はチマを手ではたき、二人の手をとって言った。

「いいかい。言われたことだけをするんだよ。余計なことも言うんじゃないよ」

「どこに行くの？」

「ついてくればわかる。余計なことを言うなって言っただろ」

雪芽と冬芽はふくれっ面をしながら、それでも母と手をつないで歩くのが嬉しく、山道を二人して母にまとわりつきながら下っていった。大通りに近づくと、母は二人の手を放し、いいかい、言われたとおりにするんだよと念を押した。大通りには既に大勢の人が集まっていた。顔見知りの人もいたが、多くは初めて見る人たちだった。幼い子どもたちは何がはじまるのかと最前列に陣取っていた。

やがて涯月《エウォル》方面から警察のジープが近づいて来た。子どもたちは初めて見るジープに興奮し、手を叩いて喜んだ。ジープから軍人が降りたった。集まった村人を見渡し、声を張った。

「この国の根幹を揺るがす奴らをこのままにしておいていいのでしょうか！　奴らは暴徒です。パルゲンイ（アカ―共産主義者）です。このパルゲンイどもが皆さん方の家を焼き、食料を奪い、あげくには竹槍で命さえ奪っています。善良で勤勉な皆さん方の暮らしと安寧を脅かす、この者ども、奴らは暴徒です！　パルゲンイです！」

軍人は後方を指差した。後ろ手につながれた五十数名の人々がうなだれて歩いて来た。

軍人は子どもたちに石を投げろと命令した。

「唾を吐きかけるだけではあきたらない、しかし、我が国は法治国家であります。暴徒をも保護する法治国家であります。皆さんの暴徒に対する、パルゲンイに対する怒りを石にこめてぶつけよ！　暴徒、薄汚いアカども！」

村人は互いの顔を見合わせ、目配りし、最初は小さく暴徒、パルゲンイと唱和した。それが次第に大合唱となった。子どもたちは手近の石を取って投げつけた。後ろ手につながれた人々は避けることもできず、子どもたちの格好の的となった。雪芽と冬芽もかがんで石を手にした。母が二人のチョゴリ（民族衣装の上着の部分）を強く引っ張った。

「振り、だけだよ。投げる振りだけするんだよ」

子どもたちの投げた石が額に当たり、血を流している人を見ると子どもたちは歓声をあげた。ひと群れの人々は垢にまみれ、頬はこけ、ボロをまとったその姿は見るに耐えなかった。

「いいか、よく見ておけ、あれが暴徒だ、パルゲンイの末路だ」軍人が声を張った。

村人は暴徒、パルゲンイと唱和した。臭い、と誰かがつぶやいた。ひでえ臭いだ。子どもたちはそれを聞きつけ、臭い暴徒だ、臭いパルゲンイだと囃し立てた。

「ね、あそこ、あの人、飴《サタン》おじさん《サンチュン》じゃない？」

冬芽が雪芽に囁いた。

「え、どこ？」

「ほら、あそこ、髭ぼうぼうの」

顎をおおった髭で、颯爽とした当時の面影は無かったが、前方を見据えて歩く青年はまぎれもなく飴おじさんだった。父方のいとこにあたる青年は法事などで顔を合わせるたびに、雪芽と冬芽に大きくなったなあ、この間までおしめしてたのに、とか可愛くなったたなあ、この間まで青洟垂らしてたのにとからかっては二人の手に綺麗な包装紙にくるまれた飴玉を握らせた。雪芽と冬芽は二人して、大きくなったら飴おじさんと結婚すると言い張り、父に結婚できるのは一人だけだよと言われると互いの髪を引っつかんで喧嘩をはじめ、母にいい加減にしな！　と怒鳴られては泣きじゃくった。

「母ちゃん《オンマ》、飴おじさんがいるよ、ほら、あそこ」

母は二人の指差すほうに目を向けた。みるみる母の顔が強張った。一気に目が充血し、下唇を震わした。

「おじさん《サンチュン》、飴おじさん《サタンサンチュン》！」

瞬時に母は二人をぶった。飴おじさんが顔を向け、雪芽と冬芽の姿を見て取ると、目をつぶり、頭を振った。二度と視線を向けようとはしなかった。

済州島の気候の変化は目まぐるしかった。晴れた日が何日も続いたかと思うと、急に空が曇り、一気に豪雨が降り注いだ。これも温暖化のせいなのだろうか、昔の済州島はこうだっただろうか。雪芽は記憶を手繰り寄せる。

あの日――あの日を境にすべてが変わった。

「いいかい、何があっても決して二人は手を離すんじゃないよ。母ちゃんはおまえたちを別々の船で日本に送ろうと思った。漁師たちは親兄弟と一緒の船には乗らないんだ。海は魔物だからね。一人が死んでも、もう一人が生き残れるようにとそうするんだよ。けど、おまえたちは二人で一人だ。おまえたちがたった一人で生きられるはずがない」

母は二人に小さな包みを手渡した。

「先に日本の大阪に行ったおばさんに事情は話してある。数日間、耐えさえすれば、そのおばさんが迎えに来てくれる。これはおばさんと会ったときに着替える服だ」

雪芽と冬芽は包みを開けた。油紙に包まれた着古した男の子の服が出てきた。雪芽と冬芽は同時に叫んだ。

「男の服なんて着るの厭だ！」

「いいかい、よくお聞き。また母ちゃんに会いたいだろ？　父ちゃんにも会いたいだろ？　なら我慢をしな」

母は立ち上がって鋏を手にした。二人抱きあって身を震わせる冬芽の髪を切り、声も出せないでいる雪芽の髪を切った。

「日本ではこんなに長く髪を垂らしている女の子はいないんだよ。髪の毛はまた伸びる。

日本で落ち着いたらまた髪の毛を伸ばせばいい。生き延びるためだよ。女は女というだけでえらい目にあうんだよ」

母はもう一つの包みを差し出した。竹筒に入った水。油紙に包んだ炒った豆と味噌。

「ひもじいだろうよ。ひもじいだろうけど、何日間は何も食べられないだろうよ。船が揺れて、胃のなかのものをみんなもどして、水を飲むのがやっとだろうよ。水を飲めるようになったら味噌をなめ、豆をかじるんだよ。いいかい、決してお互いの手を離すんじゃないよ」

「母ちゃん、母ちゃんはどうするの？」

「うん？　母ちゃんはここで父ちゃんの帰りを待つんだよ。おまえたちがここに戻って来る日のために畑を耕しながら、父ちゃんと二人でおまえたちを待つんだよ」

雪芽は窓を叩きつける雨を見ている。ベッドの正面の窓。左の窓。強風を伴った雨は瞬時に向きを変える。それを目で追っていた雪芽は気分が悪くなり、水を飲もうとベッドから降りた。床が揺れ、半身が崩れ落ちた。上半身を起こし、床に尻をつけたまま膝を抱えた。床の冷たさに身震いした。

体が左右に揺れる。魚の鱗がこびりついた船底で、雪芽と冬芽は腕をからませている。冬芽が泣いている。雪芽は冬芽の背を何度も叩く。冬芽の耳に口を押し当て、泣くなって言われたじゃない、泣いたら船から叩き出すって言われたじゃないと囁く。それを聞いた冬芽はさらに泣きじゃくる。雪芽はふろしき包みを冬芽の口に押し当てる。

「泣き声が洩れたら俺たちは捕まる、捕まったらどうなるか、済州島に送り返されてパルゲンイが逃げようとしたと公開銃殺だ、俺もここにいる皆も」

船長の言葉を聞いて皆が震えあがった。狭い船底に十二名が押し込まれ、皆が膝をかかえてうずくまった。数日の辛抱だという。数日って何日だろう？　昼なのか夜なのか、絶えず船は揺れ、船底は体臭と嘔吐物と漏らした排泄物の臭いが充満し、雪芽は村の木々から立ちのぼる清々しい香りがなつかしく、抱えていたふろしき包みの上に涙をこぼした。数日間の今日は何日目なのだろう？　うずくまっていた冬芽が体を起こし、竹筒の水をあおるように飲みだした。

「一気に飲んじゃ駄目だって、母ちゃんが。食べるものが無くても水さえあれば何日間は生きられるって、母ちゃんが言ってた。冬芽、しっかりしなよ」

雪芽は冬芽に腕をからめた。船は左右に揺れ、上下に揺れた。手をつないでいても、すぐに引き離される。どんなことがあっても、二人一緒にいるんだよと母ちゃんが言ってた。海がどれほどの大きさなのか、わたしは知らない。けれど小さな船を木っ端微塵にしようとする波の荒さは、泣いたからといって外に聞こえるのだろうか。波の音に打ち消され、風に吹き消されるだろう。けど、船長は泣くな、泣き声をたてるなと言った。だから、わたしはもう泣かない。

学校帰りの希東《フィドン》は猪飼野《いかいの》（大阪にある日本最大の在日コリアン集住地域）の中央を南北に流れる平野運河の欄干から川面を眺めている。近くの商店からの灯が、川面に浮かぶ丸太の輪郭を浮かび上がらせている。よほどの寒い日でないかぎり、年嵩の少年たちがこの丸太の上を行き来しては、近くの製材所の親父にどやされていた。欄干から身を乗り出して喝采をおくる子どもたちにとって、彼らはヒーローだった。もっと大きくなったら僕らも一緒に丸太乗りしような、と誓った君哲《クンチョル》や龍大《ヨンデ》や泰洪《テホン》は覚えているだろうか。今日は誰もいない。日が暮れてきたので家に帰ったのだろう。川面は暗いだけだ。目を凝らしても何も見えない。流れているのか、澱んでいるのか、それすらも判別できない。ヘドロが堆積したこの川でも鮒は釣れる。竹か棒に糸をくくりつけて長く垂らし、その先にミミズを突き刺して川に投げ入れるだけで、鮒は釣れる。釣った鮒は泥臭くて食べられる代物ではない。けれど子どもたちは面白いから鮒を釣る。釣った鮒は地面に叩きつけられる。こんな汚い川に生まれて、釣られて、死んで……。希東は川面に唾を吐く。

金希東《キムフィドン》が金本《かねもと》希東《きとう》になってから、希東は学校帰りに寄り道をすることが多くなった。自分がクラスの皆とは違うことを知った。済州訛りの日本語を話す母親に何の疑問も持たなかったが、希東の日本語が毎日のように物笑いの種になった。

おまえ、どこの国の人間？

こいつ、朝鮮学校から来たんやぞ。

朝鮮学校、ボロ学校。

チョーセン、チョーセン、パカするな、同じ飯食てトコ悪い。

希東が朝鮮学校に入学した次の年に、朝鮮学校閉鎖令が施行された。日本の子どもたちがはやし立てるように朝鮮学校はボロ学校だったが、希東にとっては居心地のいい学び舎だった。学校で学んだ朝鮮の歌を歌うと母の顔がほころんだ。粗末な紙に印刷された教科書を音読すると、母がミシンを止めて聞き入った。

ある日、学校への出入り口が武装した警官によって封鎖され、学校の門をくぐろうとした希東たちは犬猫の首ねっこを摑むように襟首を摑まれて、門の外に放り出された。泣きじゃくりながら家に戻った希東の話を聞くと、母はミシンを止めて、学校に急いだ。学校の前には既に大勢の父兄が押し寄せ、拳を振り上げて抗議し、体を張って閉鎖された門を突破しようとしたが、武装警官たちは情け容赦なく棍棒を振り下ろした。母が憔悴しきった顔で家に戻り、肩の痣に濡らした手ぬぐいを押し当てて、呻くように「倭奴《ウェノム》（日本人に対する蔑称）！　ウェーノーム！」と繰り返し、「希東や、おまえはしっかり勉強して、こいつら倭奴を見返すんだ。いいかい、今日のことを決して忘れるんじゃないよ」と希東に言い聞かせた。

その後、希東は近くの日本小学校転入を余儀なくされた。朝鮮人であることが嘲りの対象となることを幼くして知った。

橋を渡り、入り組んだ路地を進む。一階が工場、二階が住居のこの界隈は、窓という窓から騒音と臭気が吐き出される。サンダル工場の窓からは、甲皮と中底と本底を貼り合わせるベンゾール（有機溶剤接着剤）と指にからみついたゴム糊をはがすためのシンナー臭が絶え間なく吐き出されている。鉄工所の前の水溜りには油膜が浮いている。

希東は家の前に立った。平屋の二間と台所だけの狭い貸家は、サンダルの中敷で足の踏み場も無いだろう。母が眠る間も惜しみミシンで中敷のふち縫いをする。妹の希栄《フィヨン》がはみ出た糸を切って点検し、サイズごとに束ねる。そして、この僕が自転車の荷台にダンボール箱を積んで、次の工程が待っている町工場へと運ぶのだ。ああ、腹が減った。夕飯前に配達するのかと思うとげんなりする。希東は家の前に突っ立ったままだ。いつもの空気を震わすミシンの音がしない。戸を開けた。洗濯物を干す小さな裏庭から声がする。裏庭に続く戸を開けた。

「あ、やっと帰って来たんだね。今日は遅いじゃないか、何かあったのかい？」

母は朝鮮語で声をかける。希東はそれが勘に触る。希東は日本語で答える。

「何もないよ」

母の背中越しに洗濯盥に半身を沈ませている少女二人の背中が見えた。痩せていた。

「え、何、誰？」

希栄が薬缶に入った湯を持って来た。

「兄ちゃん、どいて、鍋の湯も持って来て」

盥の湯は白く濁り、垢なのか泥なのか、かさぶたのように浮いていた。母は手ぬぐいに石鹸をこすりつけ、二人の背中を洗っていた。洗っている間中、大丈夫《ケンチャナ》だよ、大丈夫だよと声をかけ続けていた。二人が立ち上がった。希東は慌てて、その場を離れた。盥の湯を勢いよく流す音がした。

丸い卓袱台の上に夕飯が準備された。鰯と菜っ葉の汁、麦飯、なすびの和え物、キムチ。希東は汁の中の鰯を見ると、忘れたい思い出がぶり返し、唇を噛んだ。朝鮮学校に通っていた一年前、上級生と共に集団登校していた時のことだ。自転車で傍を通りかかった男が「鰯が魚か、チョーセンが人間か」と大声で怒鳴るように言い放ったのだ。年嵩の少年は「おっさん、待てや、俺らは人間や！」と自転車を追いかけて行ったが、やがて肩を落として戻ってきた。少年の目が充血していたのを希東は忘れられない。母は絶え間なく目の前の少女二人に済州語で話しかけている。希東と希栄は半分も聞き取れない。一年前まではほとんどの会話を母は済州語でしていたが、希東と希栄が日本小学校に通うようになってから、済州語混じりの日本語を使うようになっていた。

「この二人、母ちゃんの隣村に住んでたんだよ。希栄の服をとっておいて良かったよ」

「母ちゃん、この子たち、いくつなの？」

「お前より二つ上、希東の一つ上だよ」

希東と希栄は同時にのけぞり、ええっと声をあげた。

「済州島《チェジュド》では食べるのがやっとだよ。おまけにひどいことが起こって向こうで生きていくのさえ……。何日も船に揺られて……。優しくしておやり。住み込み先が見つかるまで、しばらくここにいるからね」

「学校には行かないの？」

「この子たちが行ける学校が、どこにあるんだい」

少女二人は手を握りあい、うつむいたまま身じろぎもしない。

「さあさ、お汁が冷めるよ。ご飯にしよう。ゆっくり食べるんだよ。胃が小さくなってるからね、ゆっくり食べるんだよ」

少女二人にかける母の言葉は温かかった。けれど、希東と希栄にはその半分も聞き取れないのだ。母が匙をとると少女二人も匙をとった。

「母ちゃん、この二人、きょうだい？」

「双子だよ」

希東と希栄は同時にのけぞった。

「似てないよ、ちっとも」

「何から何までそっくりな双子とまったく似てない双子がいるそうだよ」

希東は二人をしげしげと眺めた。麦飯を嚙むたびに頰にえくぼのできる少女は冬芽《トンア》といった。希東の視線を感じるとまっすぐに目を見返した。もう一人の少女は雪芽《ソラ》といった。始終、目を伏せていた。汁のなかの小鰯をゆっくり嚙み、飲み込むと、冬芽を突付いて笑った。一重の目がさらに細くなった。

「口にあうかい？」

「母ちゃん、毎日、なすびじゃ嫌になるよ」

「なら、食べんでもええ」

雪芽と冬芽は顔を見合わせ、同時に希東を見た。希東は顔が赤らむのを感じて、そっぽを向いた。冬芽がくすっと笑いを嚙みころした。雪芽はまたうつむいた。

「今日はゆっくりお休み。外に出るんじゃないよ。明日もその次の日も外に出るんじゃないよ。汚い奴らがいて、密航してきた人間を警察に売るんだよ」

「警察に売るって、何？」

「アイゴ、同じ国の人間を金欲しさに警察に密告するんだよ」

「そしたら、どうなるの？」

「韓国に送り返されて、ひどい目にあわされるんだよ。だから、しばらくは家の中にいるんだよ。誰かに見られてもいけないんだよ」

母の強い口調に二人は唇を嚙みしめ、何度もうなずいた。母は希東と希栄に固く口止めをした。

「二人がうちに来ていることを誰にも言うんじゃないよ。友だちにも言うんじゃないよ。皆がえらい目にあうんだよ」

希東と希栄は互いの顔を見合わせて、唾を吞みこんだ。

母は後片付けを希栄にまかせて、ミシンの前に座った。希栄がアルミの食器を流し台に運んだ。雪芽と冬芽がその後に続く。希栄が水道の蛇口をひねった。二人が歓声をあげた。かわるがわる蛇口に手を近づけては顔を見合わせた。希栄が栓を閉める。栓をひねる。水が出る。二人は交互に栓を閉め、栓をひねった。希東は裸電球の先からぶら下がっている紐を引っ張った。家の中が暗くなった。もう一度、紐を引っ張ると明るくなった。二人は歓声をあげて手を叩いた。二人が紐を引っ張り、さらに引っ張った。母が怒鳴った。

「いい加減にしな！　遊び道具じゃないんだよ」

希東は家の前に止めている自分の身体よりも大きい運搬用の自転車を二人に見せたかった。もとよりそれは、配送先の親っさんの好意で貸与されている自転車だったが、希東は自分の分身のように扱ってきた。こまめに油を差し、空気の減ったタイヤに顔を真っ赤にして空気を注入した。タイヤに力が漲ると、自分にも力が湧いてくるように思えた。荷台に乗せて町の中を走ったら、二人はどんな顔をするだろうか。二人を一緒に乗せるのはまだ無理だ。最初に誰を乗せようか。えくぼの冬芽か、糸目の雪芽か。希東の顔が赤らんだ。

雪芽と冬芽が家に来てから、一週間がたった。

冬芽は台所の何もかもが物珍しかった。まず、蛇口をひねるだけで水が出る水道に心を奪われた。食器を洗うタワシの臭いを嗅いだり、洗濯石鹼を手にとっては泡立てた。希栄の身振り手振りで用途を覚えると、食器を洗い、洗濯をし、雑巾で家中を磨きあげた。薄汚れた小さな貸家の埃をかぶった隅々が、見違えるように綺麗になった。

雪芽はミシンに心を奪われた。ミシン針が履物の中敷の縁を均等にかがっていく様を飽きず眺めた。希栄が仕上げのための作業にかかると、横にくっついて希栄の手元を見つめた。縁から飛び出た糸を握り鋏で切る。サイズを揃える。居間に散らばった中敷をきちんと揃えてダンボール箱に入れる。足の踏み場が無かった居間に空間が生まれた。

希栄は嬉しかった。学校が終わると友だちと遊ぶことができる。家に帰るやいなや、宿題もそっちのけで握り鋏を持たねばならない暮らしにうんざりしていた。よその家に生まれれば良かった、と思うことさえあった。それが急に姉さんが二人もできたのだ。一人は台所仕事を手伝ってくれ、もう一人は仕事を手伝ってくれる。時間ができて、友だちと遊べるようになったのも嬉しかったが、家には二人の姉さんが待っていると思うと、家に帰る足取りが弾んだ。

希東は居心地が悪かった。入り口の戸を開けると履物が揃えられている。家の隅に丸まっていた汚れ物が綺麗さっぱり片付けられて、物干し竿に干されている。汲み取り便所の隅の蜘蛛の巣まで取り除かれていた。狭い家のどこにいても、えくぼの冬芽と糸目の雪芽の視線を感じた。

二人の少女は希栄から口移しで日本語を習っていた。ありがとう。すみません。ごめんなさい。おはよう。こんにちは。こんばんは。さようなら。時折、ミシンの手を止めて、母が済州語で言葉の意味を伝えた。希東が学校から帰り、入り口の戸を開けると「オッカエリ!」と二人の声が出迎えた。どぎまぎして運動靴を脱ぎ捨てて家に入ると、雪芽がすぐさま揃えた。冬芽が希東の代わりに「タッタイマ」と言って笑った。二人の少女は、日本語が上手になったら外に出られるよと言った母の言葉を励みにして、懸命に日本語を覚えようと努力していた。

夕飯を終えて、後片付けに立とうとする冬芽と、作業にかかろうとする雪芽を制して、母は言った。

「迎えがくるからね」

母は二人に小さな包みを渡した。

「新しい服の一枚も買ってやれなかったね。これは希栄のお下がりだよ。ちゃんと洗濯して破れたところは縫ってあるからね」

二人は事情を言い含められていたのだろう、こくんこくんとうなずいた。

「どこに行くの？　いやや、ここにおってえ、ずっと一緒におってえ」

希栄が泣いた。雪芽と冬芽は自分よりも大きい希栄の肩を抱いて涙ぐんだ。入り口の戸が開いた。雪芽は工業ミシンが十数台唸りをあげる工場に住み込みで働くことになった。アリガット、サヨナラ。小さな声でつぶやいた雪芽は迎えに来たおばさんの後ろについて、初めて外に出た。

冬芽は大衆食堂で働くことになった。時間に追われるこの界隈の働き手たちの胃袋を満たす小さな食堂だった。客はほとんど朝鮮人で昼夜問わず賑わっていた。アリガット、サヨナラ。包みを手に食堂のおばさんについて外に出た冬芽は、自転車のそばに立っている希東の耳元にささやいた。

「アプロン　ヌナラゴ　ヘ」

希東は路地の奥に遠ざかる冬芽の姿を目で追いながら、冬芽の言葉を何度も反芻した。

「これからは姉さんとお呼び」。冬芽の言葉をやっと理解した希東は、自転車の荷台に手を触れた。

二章

風に問う

コツン、と音がした。

コツン、コツン、と音がした。

風の強い夜だった。強風にあおられた畑の小石がはね上がり、地面に叩きつけられたのだろうと善姫《ソニ》は思い、掛け布団を引きあげて再び眠ろうとした。冬が来るまえに、綿をどうにかして手に入れ、雪芽と冬芽の掛け布団を厚くしてやらねば、と考えながら眠ろうとした。

コツン。

善姫は寝床から抜け出て、土間に向かった。入り口の戸が風に鳴っている。善姫は戸の前で息を殺した。

コツン。

「どなた？」

「俺だ、千基《チョンギ》だ」

入り口のつっかえ棒をはずし、戸を開けた善姫は、棒杭のように痩せ細った千基の手を引いて、後ろ手で戸を閉めた。

聞きたいことは山ほどあるけれど、それよりも身体を合わせたかった。

千基の目は落ち窪み、背中に手を這わせると背骨の一節一節が数えられた。垢と汗が層をなした夫の身体から立ちのぼる体臭。もう少し時間があれば、竈に火をくべて湯を沸かし、夫の身体の隅々まで洗い、陽の匂いのする服に着替えさせて山に送ってやりたかった。もう少し時間があれば、竈に火をくべて雑穀飯を炊き、熱い汁をつくり、干し魚を焼いて、飢えた夫の胃袋を満たしたかった。が、夜明けが近い。

善姫《ソニ》は釜の底にこびりついている雑穀飯に水を入れ、竈の残り火に枯れ枝を入れて火をおこした。千基がそれをすすっている間、甕の中をさぐった。甕に貯蔵している麦も粟も稗も味噌も何もかもが底をつきかけていた。善姫は数日分だけを残して手早く袋に入れ、着替えと共に風呂敷に包んだ。千基は背中合わせに眠っている雪芽と冬芽の傍に座り、二人の寝顔を見つめていた。善姫は荷物を手に立ち上がった千基の腰を抱き、千基の体臭を肺の奥深く吸い込んだ。善姫は手を離し、両手で千基の背中を押した。

「さ、行って、夜が明ける」

千基は何度もうなずき、一度も振り返らずに山に向かった。

善姫は闇に目を凝らしていた。濃い闇が次第に薄れ、畑を区切る石垣の輪郭がはっきりしてきた。柿の葉の一枚一枚を数えた。

「母ちゃん、昨日、父ちゃん来たの？」

善姫は驚いて後ろを振り返った。雪芽《ソラ》が目をこすりながら立っていた。

「いいや、どうしてそんなことを聞くんだい？」

「父ちゃんの臭いがしたんだよ」

「父ちゃんの臭いって、どんな臭いだい？」

「うーん、臭いの。息を止めたくなるくらい臭いの」

「冬芽《トンア》がおならをしたんじゃないのかい」

「そっかあ、あれは冬芽のおならだったんだあ」

「まだ、朝ごはんまでには間があるからね、もう少し眠りな」

雪芽は冬芽が眠っている布団にもぐりこんで、すぐに寝息をたてはじめた。善姫は竈の灰を掻き出し、枯れ枝をくべた。火が残っていたとみえ、すぐに火がついた。


千基は手先が器用だった。畑仕事を終えると、小さな鉈《なた》を持って山に向かい、木に絡みついた蔦や、竹林に分け入って竹を伐って持って帰って来た。蔦は乾かし、ざるや籠を編んだ。竹は崩れた家の補修に役立った。倒木に縄をくくりつけて家に持ち帰ったこともあった。千基は夕飯の後、何日もかけて丸太を小さな飯台にしあげた。善姫は家の中にただよう木の香りを吸い込みながら、夫が頼もしく、雪芽と冬芽はそんな父が自慢だった。

千基の器用さは噂を呼び、村人から家の修理などを頼まれることがよくあった。夕飯を終えた千基が大工道具を入れた袋を担ぐと、雪芽と冬芽は手を叩いて喜んだ。現金収入の乏しい農家では家の修理の御礼にと、現金に代わる何かしらを持たせてくれるからだった。

村人たちはそれぞれの畑に何が植えられているかを熟知していた。もうひとつの袋を担いで千基が帰ってくるのを雪芽と冬芽はもちろんのこと、善姫も楽しみにしていた。千基が土間で野良着の埃をはらい、おもむろに袋を下ろすと、雪芽と冬芽が袋を縛った紐を解いて、中身を取り出す。それはじゃがいもであったり、干し柿であったり、干しわらびだったりした。時には山村では手に入れがたい干し魚もあった。そんな時は善姫が手を叩いて喜んだ。千基がゆっくりと袋を下ろすときは、小さな甕に仕込まれた濁り酒だった。

その晩も三人は千基の帰りを待っていた。父ちゃん、まだ？　と何度も聞く二人を叱り付けて寝かせた善姫は、夫の帰りがいつもより遅いので心が騒ぎ、何度も外に出ては真っ暗な農道に目を凝らした。やがて、小さな人影がこちらに向かって来た。肩に担いだ袋らしきものも見える。善姫は小走りに駆け寄った。

「あ、眠ってれば良かったのに……」

「うん、何だか気になって……」

千基が担いでいたのは大工道具の入った袋だけだった。家に入ると、千基は善姫の手を引っ張って、土間の横にある庫房に連れて行った。冷んやりした甕に背をもたれさせて、千基は善姫の手をとった。久しぶりのことで、善姫は顔が赤らんだ。でも、こんなところで、と言いかけた善姫は夫の目が険しいのに気付いた。あれをする時の夫の目ではなかった。夫はその晩、手土産の代わりに身の毛もよだつような話を持ち帰ったのだった。

「朴さんとこの床が軋んで困るとずっと前から言われていたから行ったんだ。床の一部が腐ってたから剝がして、用意してもらってた板を寸法に合わせて切って嵌め込んで、大層な仕事じゃなかった。晩飯が用意されて、俺はもう食ってきたからと遠慮したけど、まあ、そう言わずにとすすめられるままに濁り酒を飲んで……。ところが、いつもお喋り好きな朴さんが何も言わずに酒ばかり飲むんだよ。奥さんの姿も見えない。便所を借りに外に出ようとしたら奥の部屋からうめき声がするんだよ。そうっと見に行ったら、自慢の倅がうつぶせになってるんだ」

「倅って、五賢《オヒョン》中学に通ってるあの子かい？」

「ああ、あの子だよ。上半身、あざだらけで、奥さんが手拭いを水に浸して、何度も冷やしてた。手拭いが触れるたびにうめいていたんだ……」

「何があったんだい？　喧嘩するような子じゃないよ」

「噂は本当だったんだ。あんまり酷い話ばかり聞くから、話に尾ひれがついたんだと思ってたけど、実際にあの子の痣だらけの背中を見て、俺は身震いしたよ。痩せてたあの子の背中が盛り上がってて、それはどす黒かった。あれは手で殴りつけたんじゃねえ。棍棒か何かでぶっ叩いた跡だ。俺は小便するのも忘れて、朴さんに聞いたんだ」

「朴さんは何て言ったんだい？」

「あの陽気な朴さんが泣き出したんだよ。肩を震わせて。俺が背中をさすって、ようやく泣き止んだ。昨日、猪旨《チョジ》支署から警官が来て、息子を引き取りに来いと言われたそうだ。家の前にジープが止まっていたそうだ。朴さんは噂を聞いていた。警察から呼び出しがあったら、家にある金目のもの、無ければ無いで何かしら持って行くように、と。煙草三箱と蜂蜜を持って行ったそうだ。支署に着いて、息子はどこだと聞いたら、担当の警官がへらへら笑って答えなかったそうだ。煙草三箱を取り出して、貧しい親父を勘弁してくだせえと頭を下げたそうだ。息子が何をしたのか、教えてくだされば、息子の腐りきった性根をこの私が叩きなおしますからと何度も頭を下げて、ようやく罪状を聞き出したんだそうだよ」

「あの子がいったい何をしでかしたんだい？」

「あの子は五賢《オヒョン》中学に通ってたろ。済州市には済州女子中学、農業学校、五賢中学、済州中学があるだろ。それらの学校に通っていた生徒たちが読書会を開いていたというんだよ」

「読書会って何するところなんだい？」

「アカの本を読んでいたというんだよ」

「アカって暴徒のことかい？　アイゴ……」

「けど、こんな山の村から五賢中学に通うのは無理だから、朴さんが同じ境遇の親父さんと金を出しあって学校近くの小さな一間を借りたんだよ。まだ年端もいかない少年二人が助け合って自炊をし、洗濯をし、学校に通ってたんだよ。それだけでも大変なのに、読書会に通う力なんざ残っていないさ」

「うんだよ。で、なんで警察に引っ張られたんだい？」

「読書会に参加してた学生がとっ捕まって手ひどい目にあわされて、読書会に参加してた友人の名を吐けと責められて、朴さんの息子の名をあげたらしい。朴さんの息子は読書会に来たことが無いから、取り調べを受けてもすぐに釈放されるだろうと思ったそうだ」

「アイゴ……」

「もう一人の学生は今夜が峠だそうだ」

「アイゴ……」

「いいか、よく聞くんだよ。警察の言うことは信じちゃなんねえ。自分の身は自分で守らなきゃならねえんだ。朴さんは息子に会わせてくれと頼んだ。けど、警官はへらへら笑ってるばかりだった。で、蜂蜜を差し出した。貧乏暮らしをしているので、こんなものしか差し上げられません、この不甲斐ない父親に免じて、どうか、どうかと頭を下げ続けたそうだ。しばらくして、警官に背負われた息子があらわれた。息はあった。朴さんは息子を背負って支署を出た……」

「猪旨からこの村までは大変な距離だよ」

「ああ、おぶった息子が咳き込むたびに血を吐いたそうだ。生温かい血が朴さんの背中を濡らしたそうだよ。朴さんは息子が死ぬとしても、家で死なせたいと思ったそうだ。何度も道端でへたりこみ、息子の息があるかどうかを確かめながら、またおぶって、息も絶え絶えに村を目指して歩いていたときに警察のジープが横に止まったんだそうだ。朴さんとこの長女が警官と結婚してるのは知ってるだろう」

「ああ、あの器量良しの娘さん。警官と一緒になるのは厭だと逃げ回っていたそうだけど、押しに押されて今じゃ、それなりの暮らしをしていると聞いていたよ」

「その婿がジープから降りて来て、お義父さん、と声をかけ、二人をジープに乗せて村まで送り届けたんだ」

「はああ。そんなことがあるんだ……」

「その婿が言うには、私が送り届けたことは口外しないで下さい、妻男《チョナム》（妻の男兄弟を指す語）に起こったことも口外しないで下さい、そして……」

「そして……？　その先は何て言ったんだい」

「一日でも早く村を離れて下さい、警察の言うことを信用しないで下さい。私が言えることはこれだけです、と頭を深々とさげて止めるのも聞かないで帰って行ったそうなんだよ……」

二人は膝を抱えて押し黙っていたが、善姫が不意に立ち上がり、庫房の床板を点検し始めた。

「おい、どうしたんだ、何をしてるんだ」

「身を隠す場所をつくるんだよ。水汲み場で『疎開』の話を聞いたよ。軍警に追いたてられて海辺の村に疎開した人たちがどうなったか……。噂は本当だったんだ。何の罪も無い人たちを殺すわけが無いだろって思ってたけど……。アイゴ……。朴さんの婿が早く村を離れろ、警察の言うことは信用するなって言ったんだろ。あいつらが来る前に身を隠す場所をつくるんだよ。あいつらに見つかったらお仕舞いだ」

庫房の裏は畑に通じていた。警察や討伐隊が大きな甕の中に誰かが潜んでいないかと銃を乱射することはあっても、わざわざ床板を剝がしはしないだろうというのが善姫の言い分だった。自分たちは何も悪いことをしていないのだから、捕まることはないと二人は思っていたが、いろんな噂を聞くにつれ、本土から来た西北青年会の奴らと陸地（済州島では朝鮮半島をこのようにいう）から来た警察は、本気で済州島の人間を殺したがっていることを知った。

どんなことをしてでも二人の娘を守らねば。畑に近い床板を剝がし、鍬や鉈で土を掻き出した。土は空の甕に入れた。もっと深く掘らねば、蒸し焼きになる。裏の畑に出る通路も掘らねば。もうすぐ夜が明ける。霧が立ち込めてきた。石垣も畦道も覆い隠すような濃い霧だった。二人は霧のなかで存分に腰を伸ばした。奴らは暗闇を恐れる。夜が明けても、まったく視界がきかないこの霧のなかを奴らが来ることはない。時間稼ぎができる。二人は泥だらけの顔を見合わせ、同時に深い息を吐いた。霧のなかに雨粒の小さな粒子が混じっていた。それは少しずつ形をとり、小雨に変わった。二人は小雨を顔に受けた。時間稼ぎができる。奴らは雨の日に村を襲いはしない。茅葺きの家に火を放ち、またたく間に家が燃え尽きる晴天の続いた日を奴らは選ぶ。やがて雨は本降りになった。おい、飯にしようと千基が言った。

秋の長雨が続いた。四人家族が身を潜められる穴倉ができあがった。奴らが来ればすぐにここに隠れるようにと娘二人に言い聞かせた。数枚の着替えと数日の食料も穴倉に忍ばせておいた。とりあえず安堵したが、長雨は穫り入れ間近の作物を台無しにした。畑はぬかるみ、すでに根腐れて横倒しになっている粟の穂を見て、善姫は涙をこぼした。生きるのがやっと、暮らしていくのがやっとなのに、仏様はどうして次から次へと……。善姫は横倒しになっている粟を次から次へと根元から引っこ抜き、空に放り投げた。

「うちの奥様はご機嫌斜めだな」

千基が陽に灼けた顔をほころばせてやって来た。善姫は泣き顔を見られるのが恥ずかしくて、横を向いた。千基は善姫の腰を抱いて引き寄せた。千基の手が野良着の合わせ目から胸に伸び、乳房を鷲掴みにした。善姫は身をよじって逃れ、引き抜いた粟の穂で千基を何度もぶった。千基は善姫の両腕をねじりあげ、その体を石垣に押し付けた。チマをめくり上げ、一気に突き入れた。千基が突き動かすたびに善姫の足がぬかるみに沈んでいく。善姫は石垣の隙間に思わず声を漏らした。体を離した二人は互いの顔に飛び散った粟の黄色い粒を見て、吹き出した。

「さ、家に戻って洗い流そう」

千基が善姫の体を抱き起こして言った。

山の稜線を赤く染めて夕日が沈んでいく。入り江が太い刷毛で一気に塗りつぶしたかのように、茜色に輝いている。沖に漁火はない。真っ暗な海に金の粒を撒き散らしたような漁火は、もうしばらく目にしていない。隣の村に行くにも通行証がいる。海も閉ざされた。

善姫は笊に入れた薬物を抱えたまま、呆けたように海を眺めていた。もうすぐ日が暮れる。早く家に戻らねば。けれど気持ちとは裏腹に足が動かない。今日も無事に一日を終えた。けれど明日は？　この海さえ無ければ、ここが本土と陸続きだったら、あたしはどんなことをしてでも、ここから逃げてやる。千基と一緒に娘二人の手をとって、森を抜け、山を越えて、息がつける安全なところに逃げてやる。あたしがソルムンデハルマン（済州島を創造したとされる神話の女神。体は漢拏《ハルラ》山より大きく、深い海さえも膝下程度だったという巨人）だったら、この島を取り巻く海の水を一滴残らず飲み干してやるのに。この海があるから、ここは島だから、逃げ場が無い。運を天に任せるだけだ。命なんて在って無いようなものだ。善姫は子どものように地団駄踏んで泣きわめきたかった。善姫は腰をかがめて手近の石を拾い、薄暗くなった畑の向こうに何度も投げつけた。ウッと声がした。千基が肩を押さえて、やって来た。

「うちの奥様は乱暴で困る。雪芽と冬芽が子ツバメのように口を大きく開けて待ってるよ。芋はふかしておいた。湯も沸いてる」

千基は善姫の手をとった。節くれだった大きな手に引っ張られた善姫は、安堵のかわりに言い知れぬ不安が足元から体全体を覆いつくすような気がして身を震わした。善姫は足を止め、つないでいた手を離し、その手で千基の下半身をまさぐった。二人の息づかいと共に、千基のそれが形を整え、脈打ち始めた。千基は榎の根元に腰を下ろし、善姫は体を深く沈めた。

「怖いんだよ……」

「ああ、俺も怖い……」

「今日が無事でも明日はどうなるんだよ」

「ああ……」

「こうしていないと、どうにかなりそうなんだよ」

「ああ……」

二人の言葉が途切れ、二人は互いの体を激しく打ちつけた。千基の顔に熱い雫が滴った。善姫が嗚咽をこらえて泣いていた。


善姫は尿意を感じて、夜明け前に目を覚ました。前庭の隅にある便所に向かい、用を足した。大気に冬の気配が忍び込んでいた。竈に火を起こしておこうと思い、庭の枯れ枝を持ち上げ、何気なく下の村に目をやった。白い煙がたなびいている。朝餉にはまだ早い時間だった。煙は一つ二つではなく、下の村全体を覆うようにもやっていた。やがて、白煙に赤い炎が混ざり、それは瞬く間に下の村を覆いはじめた。

「ヨボ（夫婦間で呼び合う語。あなた、おまえにあたる）起きて！　雪芽、冬芽、起きるんだよ！」

家の中に駆け込んだ善姫の剣幕に、皆が庭に出て下の村を見た。千基は竹筒に甕の水を入れ、善姫は昨晩にふかしておいたさつま芋を二人の娘に持たせた。庫房の床板を剥がし、まず娘二人を避難させた。次いで善姫が穴倉にもぐり、千基が続いた。

「大丈夫だ、こんなことは長くは続かない」と千基が娘たちに言い聞かせた。四人は野鼠のように体を震わせ、身を寄せ合った。「どんなことがあっても声を出すんじゃないよ」善姫が娘たちに言い聞かせた。

足音が近付いて来た。家の中を歩き回り、家の中の戸を乱暴に開け閉めする音が聞こえる。「竹だ！　竹がある！　ここは暴徒の家だ！」わめきたてる声がした。土間に並べておいた数本の竹は、千基がいつか鶏小屋をつくるために用意しておいたものだった。それが武装隊の武器である竹槍をつくるものとみなされたのだ。「火をつけろ！　行方を捜せ！」頭上から響く靴音に四人は体を硬くして耐えた。パンッ！　甕の割れる音がした。パン、パン、パン。火を放たれた竹のはぜる音がした。やがて、静かになった。

千基が様子を探ろうと頭上の床板に手を伸ばした。善姫が押しとどめた。

「あいつらはあたしらが出てくるのを待ち構えてるんだ。そこを狙って撃ち殺すつもりだよ。水汲み場で聞いたんだ。きっと家の周りを取り囲んでいるのさ。夜までここでじっとしていよう」

「母ちゃん……」

冬芽が消え入りそうな声で言った。

「おしっこがしたい」

「ここでしな」

「え、でも……」

「殺されたくなかったら、ここでしな。あとで母ちゃんが綺麗にしてやるから」

「母ちゃん、あたしもおしっこ……」

雪芽が小さな声で言った。生温かいものが四人の尻を濡らした。二人の娘が泣き出した。

「こんなことで泣くんじゃない、声を出すなって言っただろ」

声を抑えて善姫が言った。

「大丈夫、大丈夫だよ」と千基が言った。

身動きすらままならない穴倉で、四人は少しずつ竹筒の水を飲み、さつま芋を齧って長い時間を耐えた。

「さあ、もう夜になったよ、星が出てるだろうよ」

と善姫が言った。

「外に出もしないで、どうしてそれがわかるんだい？」と千基が聞いた。

「腹の減り具合でわかるんだよ」と善姫が答えた。

庫房の床板を押し上げ、千基が顔だけを出して外の様子を探った。

「ひでぇな、ひでぇ有様だ」と千基がつぶやいた。

戸は破れ、甕は割られ、布団は踏みにじられて泥だらけになっていた。

「家が残っただけでも有り難いよ」と善姫が言った。

火をつけられた竹は黒焦げになり、土間に転がっていた。火は石と泥で作られた土間の壁を焦がしただけで、燃え拡がらなかった。

「山に行って竹を伐って、家の修理をしなくちゃな」と千基が言った。

「いいから、あんた、いいから座って」と善姫が言った。

「あいつらが言うのをあたしははっきり聞いたんだ。ここは暴徒の家だと。あいつらはまたここにやって来る。逃げて、今すぐ。腹いっぱい食べさせて、あんたを山に送りたいけど、水甕も割られてしまった。明け方にあいつらはまた来る」

善姫は立ち上がって、千基の衣類をまとめ、釜の底に残っている雑穀飯を塩で握って千基に持たせた。

「こんな酷いことは長くは続かないって、あんたがいつも言ってるだろ。だから逃げて。無駄に殺されるのはあたしが許さないよ。あたしはここで待ってる。あんたの帰りをここで待ってるから」

善姫は千基を無理やりに立たせ、両手でその体を力一杯に抱きしめ、そして庭に押し出した。

「さ、行って、早く」


昼過ぎから降り始めた雨は、夕方にはみぞれ混じりの雪となった。雪は強風にあおられ積もることは無かったが、身をきるような寒気が村をおおった。まだ夜明けには間がある時間に、一個連隊が村を取り囲んだ。彼らは分散して各戸の家の戸を叩いた。何事かと飛び起きて戸を開ける村人たちに、武装した軍警が伝えた。

「すぐに国民学校の運動場に集合せよ、一人でも欠けた者がいると容赦しない」

追い立てられるように運動場に集まった村人は、まだ薄暗い夜明けのなかで互いの顔を見あわせながら寒さと言い知れぬ不安とで身を震わせた。潤浩《ユノ》は祖母の手を握り、父の源洙《ウォンス》は二人の顔を見ながら、何度もうなずいてみせた。潤浩が運動場に転がっている石の上に腰掛けた。祖母が声を低めて言った。

「降りるんだ、そんなとこに座っちゃ駄目だ」

「尻が冷たいんだよ」潤浩が答えた。

祖母は潤浩の尻の下にあった石をどかせた。

「図体が大きいとえらい目にあうんだよ。隣村の成昌《ソンチャン》の話を知ってるだろ。まだ国民学校の五年だってのに、図体が大きいもんだから暴徒の手先だって難癖つけられてなぶり殺された成昌の話……」

祖母は潤浩を抱きよせた。

「いいかい、顔をあげるんじゃないよ、じっとしてるんだよ」

「祖母ちゃん、俺、皆よりうんと背が低いから大丈夫だよ」祖母は骨ばった手で潤浩の頭を撫でた。

「目を閉じろ！」怒声が響いた。

「口も閉じろ！」

霜柱の立った地面に腰を下ろした村人たちは一斉に口をつぐみ、目を閉じた。足音がする。足音が止む。村人のなかから誰かが引き出され、列の外に追いやられた。何事かと首をめぐらせた村人は銃床で殴られて血を流した。恐怖と足元から忍び寄る寒さで、潤浩の歯が鳴った。潤浩は祖母の痩せた胸に顔をうずめて固く目を閉じた。祖母の心臓が激しく波打っていた。祖母の横に座っていた父の手が祖母に触れ、潤浩の頭を撫でた。薄目を開けた潤浩は、列の外に追いやられた父の足首に手を触れた。体を起こそうとした潤浩は、祖母の強い力で押しとどめられた。

「動くな！　目を開けるな！」

トラックのエンジン音が響いた。村人たちは恐る恐る目を開けた。国民学校の前にトラックが横付けにされていた。列の外に追いやられた村人たちが、軍警に両脇を挟まれ、身動きすらままならないほど荷台に積み込まれていた。運動場に残された村人たちは周囲を見渡し、姿を消した夫や父や息子の名を呼び、トラックに駆け寄った。軍警が村人に銃を向け、空に向けて空砲を撃った。村人たちは頭を抱えてうずくまった。頭を上げたときには、もうトラックは走り去った後だった。

三章

風に刻む

かつての希東は自転車のサドルを下げてもペダルにようやく足が届く程度だった。町工場に配送するときは荷台にダンボール箱を積み、上半身に力を込め、自転車を引っ張った。次第に背が伸びて、今では座って自転車を漕げるようになった。それだけでも疲労の度合いが違った。荷台にダンボール箱を積み、腕の力だけで前に進むとバランスを失って転倒することがあったが、今ではダンボール箱を倍積んでも難なく配達できるようになった。

配達先の町工場には雪芽《ソラ》が住み込みで働いていた。十数台ある工業ミシンの振動が、早朝から深夜まで町工場を震わせていた。荷台からダンボール箱を下ろして工場内に運び、中身を点検してもらって受領書を受け取る。ほんの数分の間でも、希東は雪芽の姿を目で追った。

工業ミシンの間を縫うように、雪芽が腰を屈めて、切れ端や糸屑を掃き集めていた。髪を後ろでひとつに束ね、誰かのお下がりなのだろう、大きめの上着の手元を幾重にも折って着ていた。服のなかで体が泳いでいるようだった。

「いつもご苦労さん、今日は蒸すなあ。冷たい麦茶でも飲んでちょっと一服して行きい」

誰もが親しみをこめて、親っさんと呼んでいる町工場の親方が、雪芽に麦茶を持って来させた。盆に載せられたガラスのコップを希東は顔を赤くして受け取った。一口飲むたびに喉がなった。雪芽は希東が飲み終えるのを横で待っている。こんな近くで雪芽を見るのは初めてだった。雪芽の額にも首筋にも汗が浮かんでいた。

「あのなあ、上着なあ、ズボンの中に入れんとミシンのベルトに巻き込まれるぞ」

希東は早口でそう言うと、ガラスのコップを盆に戻した。

「麦茶、おおきに」

希東は親っさんに声をかけると、自転車にまたがった。

空が雨雲で膨れあがっていた。一箇所、どこかを突付けば一気に雨が振り出しそうな空模様だった。湿気がまとわりついてくる。こんな日は平野運河が臭う。希東は家に戻らずに自転車を走らせた。冬芽《トンア》が住み込みで働いているアリラン食堂に近づくと、ゆっくりとペダルを漕いだ。まだ幼い冬芽が食堂に出ることはない。食堂の炊事場で洗い物をしているか、下ごしらえを手伝っているかだ。それを知りつつ、希東は食堂の前に立ってガラス戸の向こうをうかがった。薬缶から乳白色の濁り酒をアルミ茶碗になみなみと注いで、大根のキムチを肴に飲み交わしている男たち数人がいるだけだった。客で賑わう夕暮れにはまだ間があった。裏口の戸が開いて、冬芽がバケツと柄杓を持って出て来た。柄杓で店の周りに打ち水をした。

「ヌナ」

冬芽が顔をあげた。自転車の横に立っている希東を見ると、冬芽の頬にえくぼが浮かんだ。希東は何か言おうとしたが、次の言葉が出てこない。冬芽はバケツに柄杓を入れ、その柄杓を希東に向けて振った。希東がワッと体を避けた。

「アホ、カラヤ」

冬芽はバケツを提げて食堂の裏口に姿を消した。アホ、カラヤ、アホ、カラヤ。妙なニュアンスのある冬芽の言葉を胸底で繰り返しているうちに、希東は阿呆言う奴が阿呆じゃい！　と腹がたってきた。ペダルを全速力で漕ぎ、自転車を家の前に投げ出すように止めて、戸を開けた。

白いコムシンが目に入った。誰かが来たら、俺がチョーセンいうのん丸バレやないか。希東はコムシンを人目につかないところに置きかえた。

もう随分前に、済州島から大阪の親戚を頼ってやって来た母の同郷のおばさんだった。どこに行くにもチマチョゴリを着て、コムシンを履いた。髪を後ろで束ねて髷にし、鈍く光る真鍮の簪《ピニョ》でとめていた。希東からすれば、まるごと朝鮮人のおばさんは避けたい存在だった。ましてや家に来るなんて……。狭い家のどこにも逃げ場は無かった。希東は靴を脱いであがり、ペコンと頭を下げ、隣りの部屋に入った。妹の希栄が宿題をしている横で、自分も教科書をひろげた。

母とおばさんは、おばさんが手土産に持って来た棒鱈を木槌で叩いて柔らかくし、それを二人で手で裂きながら話し込んでいた。希東にはほとんど理解できなくなった済州語だった。いつもはミシンの音が絶え間なく響く家に、母とおばさんの話し声が切れ目無く続いた。時折、母のアイゴ……がうめくように漏れた。知らず知らず聞き耳をたてていた希東と希栄は、おばさんの急な怒鳴り声に顔を見合わせ、二人に駆け寄った。

棒鱈を包んでいた皺くちゃの新聞紙を手で伸ばしながら、おばさんが紙面の小さな写真に向かって、唾を吐きかけるように怒鳴り続けていた。日本の新聞に載っていた韓国大統領の李承晩《イスンマン》の写真だった。おばさんは唇を震わせながら、巾着袋から鍼を取り出した。おばさんは子どもの夜泣きやひきつけをなおす鍼師だった。その鍼を小さな写真の李承晩の目に突き刺した。低いうめき声をあげながら鍼を抜き、何度も鍼を突き刺した。母は固く口を結んでいた。希東と希栄は呆然と突っ立っていた。やがて息を整えたおばさんが帰り支度をし、入り口に向かったとき、希東は急いでコムシンを取り出し、おばさんの足元に並べた。

戸を閉める音がした。希東と希栄は母に矢継ぎ早に聞いた。

「あの写真の人、誰?」

「なんであんなことするの?　あのおばさん、何者?」

母は二人の肩をつかみ、二人の目を見据えて言った。

「いいかい、今日のことは誰にも言うんじゃないよ。言うと碌なことにならないからね」

母の剣幕に口をつぐんだ二人だったが、さきほどの息を呑む光景は忘れようにも忘れられなかった。二人は駄々をこねるように、「誰にも言わないから、あの写真の人が誰か、それだけ教えて」と母に食い下がった。

「李承晩《イスンマン》だよっ、済州島をめちゃくちゃにした殺しても飽き足りない奴だよっ。いいから、宿題しなっ」

母は二人に背を向けて、尹時春《ユンシチュン》はミシンの前に座ってミシンカバーを取り、空踏みしながら嗚咽した。同郷の女から聞いた話が蘇って胸が締めつけられ、それは怒りに変わった。

……あのハワイ帰りの耄碌爺をこのミシン台にくくりつけ、このミシン針で身動きできないようにぎざぎざに縫い付けてやりたい、一滴の水もやるもんか、済州島で起こった口にするのも恐ろしい出来事をみんなあの耄碌爺にしてやるんだ。因果応報の目にあわせてやるんだ……。

血が沸騰するようだった。時春の息が荒くなった。

「母ちゃん」

振り返ると希栄が水の入ったコップを持って立っていた。

「大丈夫？　母ちゃん？」

「母ちゃんって言うなっ。日本の学校に行くようになったからって、性根まで日本人になったのかいっ。オモニって呼べないのかっ」

時春の剣幕に、希東も表情を硬くして立ちすくんでいた。

翌朝、時春は希東と希栄が学校に出かけた後、戸締りをして市場に向かった。早朝に家を空けるのは滅多にないことだった。希栄が学校から戻ると留守番を頼み、そそくさと市場で買い物を済ませるのが常だった。昨晩は同郷の女の話がよみがえり、眠ろうとしても動悸がして、ほとんど一睡もできなかった。村が焼かれ、何の罪もない人間が殺され……。その殺された人間のなかに、雪芽と冬芽の母親の名を聞いたとき、息が止まるかと思った。

あの幼い年で親から離れ、命からがら玄海灘を渡り、言葉も通じないこの日本で、いつか済州島に帰って両親に会う日のために健気に働いている双子を思って、何度も涙をぬぐった。

時春は市場の中の小さな洋品店に行き、少女用のパンツとシャツを二組買った。店の軒下を借り、手に提げていた包みから希栄のお下がりの上着やズボンを二つに分けた。二つの紙袋を提げた時春は平野運河に沿って歩いて行った。

アリラン食堂は日雇い人夫たちで賑わう朝食時間帯を過ぎ、店内に客はいなかった。裏手に回ると外水道の洗い場で、冬芽が腕をまくり、屈んで盥に入った食器をたわしで洗っていた。その様子を時春はしばらく眺めていた。

「あ、サンチュン（おばさんの意）！」

時春に気づいた冬芽が手を振って水気を切り、走り寄ってきた。時春は紙袋のひとつを冬芽に手渡した。冬芽の頬にえくぼが浮かび、何度も頭を下げては「アリガット、サンチュン」と繰りかえした。

時春は平野運河を渡り、雪芽の働く履物工場に向かった。路地に入ると鈍い振動が足裏に響いてきた。顔なじみの親方に挨拶をした。しばらくすると、雪芽が温かな麦茶が入った湯呑みを持ってきた。

「あ、サンチュン！」

誰が来たかは知らされていなかったのだろう。雪芽の細い目が大きく開かれ、満面の笑顔になった。もうひとつの紙袋を手渡すと、何度も頭を下げては「アリガット、サンチュン」と繰りかえした。

家に帰る道すがら、時春は平野運河の濁った川面を眺めながら、これでいいのだと胸底で繰り返した。母親の惨たらしい最期を知らせて何になるだろう。いつか知らせるにしても、ずっと後のことだ。ずっとずっとずっと後のことだ。

同郷の鍼で生計をたてている女は、子どもの夜泣き、ひきつけを治すだけでなく、大人の肩こりや不眠などにもよく効くと評判だった。いつも糊のきいた白いチマチョゴリを着て、猪飼野《いかいの》（日本最大の在日コリアン集住地）の路地を歩く姿は神房《シンバン》（シャーマンの済州語）のように威厳があった。女が鍼を打つあいだ、顧客は問わず語りに自分の身の上を話すのだった。愚痴にはじまり、切々と今の境遇を訴え、体の凝りがほぐれるとそれらすべてが解決できたかのような安堵の息を吐いた。女は口が堅かった。顧客から聞いた話は自分の胸におさめ、女の口を通じて噂話になることはなかった。それを知る顧客は口外できないことも、女には話した。故郷である済州島での信じ難い話もそうして聞いたのだった。

「ああ、あんたが面倒をみていた双子の母親は何ていったかな？」

「善姫《ソニ》、李善姫ですよ。竹を割ったようなまっすぐな気性で、わたしとはとても気があって子供の頃から、ずっと一緒に過ごした仲です。済州島では一緒に夜学にも通ったんですよ」

「その善姫が警察支署に連れて行かれて……」

「連れて行かれて、どうなったんですか？」

「アイゴ、半分焼け落ちた家で暮らしてるところをなぜおまえは疎開令が出たのに、命令に従わないんだと連行されたんだよ。亭主が山に行っただろう、暴徒の手先だろうと滅多打ちにされて……。正直に吐けと言われても答えようがないじゃないか。おまえの亭主が家に戻ったのを見た奴がいるんだ、正直に答えろと責められ続けて……。亭主がどこにいるかわたしが知りたいです、知っていたら教えてくださいと善姫が言ったらしい。生意気な女だ、口の減らない女だと善姫の口に薬缶の水を注ぎいれ、膨れた下腹を何度も踏みつけたらしい……」

「アイゴ……」

「善姫は子供を身ごもっていたんだよ。チマが真っ赤になったそうだ……。それを見た警官がそら見ろ、亭主が山から下りてきた証拠だ、山から下りてきた亭主とまぐわったんだろ、これが何よりの証拠だ、正直に吐けと棍棒で滅多打ちにして……。善姫は口から血の泡を吹いて……。刑務所の看守も目をそむけたっていうよ。親の口ききで看守になったその若い男から聞いたんだよ。刑務所の仕事にありつけば、やれ暴徒だ、パルゲンイだと濡れ衣で殺されることはないと踏んだんだろうよ。けど、眠れないってさ。毎晩、うなされるってさ。うめき声、中庭に染みこんだ血の跡、むせかえるような血の臭い、けど殺されるよりはましだと看守を務めていたそうだが、ある日、警官から血がこびりついた棍棒を渡されて、次はおまえもやってみろと笑いながら言われたそうだよ。これ以上はもう無理だ、人間でなくなるのが怖いとその若い看守は密航船に乗ったんだ。今、大阪で日雇い人夫をしているよ」

　時春は善姫の涼しげな切れ長の目を思い出した。その目を大きく見開いたまま、最期を迎えた善姫の無念を思うと胸が引き裂かれそうだった。誰が弔ったのだろう、いいや、数え切れないほどの人間が殺されている済州島で、善姫もそのあたりの野原や藪に捨てられたのだろう。烏《からす》がその死体をついばみ……。胃液がこみ上げてきた。時春は口に溜まった苦い汁を平野運河の澱んだ川面に吐き捨てた。

裏口に面した小さな庭に七輪が用意された。希栄がうちわで焚口を懸命にあおいで炭火をおこしていた。時春は肉屋で臓物を買ってきて、醤油に砂糖、にんにくや生姜、唐辛子などで味付けした。希東は自転車に乗って、アリラン食堂の冬芽と履物工場の雪芽に晩御飯を食べに来るように伝えに行った。

ご飯をたっぷり炊き、もやし汁、キムチ、熱く焼けた臓物を包んで食べるチシャ菜も用意した。希東と希栄は七輪の赤く焼けた網に早く臓物をのせたくて、焦れながら二人を待った。戸を開ける音がした。希栄が飛び跳ねるようにして二人を迎えた。七輪の網に臓物がおかれた。煙があがり、香ばしい匂いが狭い家に立ち込めた。時春は臓物が焼きあがるのももどかしいらしく、ひっくり返してはまた網におく子どもたちを笑いながら見ていたが、希東が自分は食べないで焼きあがった臓物をそっと冬芽と雪芽の前におくのを見た。冬芽は当然のようにそれを口に運び、雪芽は小さくお辞儀をしてから口に運んだ。時春の視線に気づいた冬芽が、「サンチュンド　カッチ（おばさんも一緒に）」と言った。「うん、ああ、モゴ、モゴ（お食べ）」と時春は答えた。

雪芽は善姫に似ていた。雪芽の腫れぼったい目蓋は年頃になればすっきりして、切れ長一重の涼しげな目元になるだろう。冬芽は男なのにえくぼがあるとからかわれていた千基似だ。性格は、雪芽はおとなしいが芯が強い。冬芽は勝気だが甘え上手だ。時春は知らず知らず二人を見比べて、希東の嫁にするにはどちらがいいかを考えていた自分に気づいて苦笑した。……随分と先の話だよ、けど、そんなに先の話でもない……。

梅雨の生温かい湿った空気が路地をおおっていた。雨は降りそうで降らず、平野運河の饐えた臭いがいつまでたっても流れずに路地にこもっていた。

時春は前日からミシンにカバーをかぶせ、夫の法事の準備に余念がなかった。学校から帰ってきた希東に自転車で朝鮮市場に買い物に行かせた。希栄には家の掃除を言いつけた。屛風を出し、折りたたみの長テーブルの上に遺影を飾った。額の秀でた夫の遺影を見るにつれ、無念がこみあげてきた。

……もう少し、もう少し生きてさえいてくれれば、朝鮮が解放された喜びを共にわかちあえたものを……。希栄は父親の顔を知らない。その胸に抱かれたこともない。それが不憫だ……。

時春は希栄にビールの空瓶を持ってこさせ、ごま油を二合買ってくるように言いつけた。「去年のように買い物籠をぶらぶらさせて、瓶の中身のごま油の大半を道に撒いてくるようなことがあったら承知しないよ」と付け加えた。

希栄は菓子屋の前に立った。ガラスの陳列台に並べられているお菓子を見ているだけで夢見心地になった。いつか大人になったら、自分の働いたお金で思う存分、お菓子を買いたいだけ買うのだと心に誓った。その菓子屋は砂糖やごま油の量り売りもしていた。髪をひっつめ、着物の上に白い割烹着を着た奥さんが店番をしていた。おじさんが店番をしているときは、奥の座敷で奥さんが小奇麗な身なりをした若い女性たちにお花を教えていた。希栄にとって、店先から見えるその光景は別世界のものだった。

希栄が空瓶を差し出すと、奥さんが一斗缶の蓋を開け、空瓶に漏斗《ろうと》を差し込み、柄杓でごま油をゆっくり流し込んだ。香ばしい香りがただよった。柄杓の先からごま油が糸のように流れ、やがて途切れた。希栄はごま油の入ったビール瓶に新聞紙を丸めたもので蓋をし、両手で抱えて家に戻った。

家の戸を開けると、台所からの熱気と六月の湿気とが一緒くたになって溢れ出た。時春が豆もやしを茹で、ほうれん草を茹でていた。蒸し器にはもち米粉が入れられていた。それが蒸され、卓袱台の上におかれた。薄く小麦粉が敷かれていた。希栄は心がおどった。菓子屋のお菓子よりもおいしいものを今から皆でつくるのだ。希東と希栄は手を洗い、卓袱台の前に座った。時春が蒸しあがって餅のようになったもち米粉をビールの空瓶を転がして薄く延ばした。二人はビール瓶の蓋を押し当てる。ぎざぎざのついた蓋の形そのままに切り取る。時春がそれを空瓶で延ばすと、赤ん坊の手のひらの大きさになる。一枚一枚くっ付かないように小麦粉を振っておく。フライパンにごま油をたっぷり敷き、それを両面こんがりと焼き、砂糖をたっぷりまぶすと油餅のできあがりだ。希東と希栄は笊に並べられた油餅に舌なめずりする。

「これはお供えするものだからね、法事が終わるまで我慢するんだよ」と言いながらも、時春は形の崩れたものを二人に与える。二人はまだ熱い油餅を手をべたべたにしながらほおばる。

「ね、母ちゃ……、オンマ（母親への親しみをこめた呼称）、父ちゃ……、アッパ（父親への親しみをこめた呼称）、なんで死んだん？」

希栄が時春に聞いた。

「……五年前の今日、朝方に空襲警報のサイレンが鳴ったんだよ。三月末にアメリカの空襲で大勢の人が死んだことを聞いていたから、皆が急いで路地の奥に掘っておいた防空壕に急いだんだよ。オモニのお腹には希栄、おまえがいたんだよ。お腹をかばいながら希東を抱っこして。アボジは遅れてきた近所の人を手助けし、最後に防空壕に入ろうとした時に焼夷弾にやられたんだよ。アイゴ、火のついた油が体にこびりついて消せないんだよ。苦しんで苦しんで、のたうちまわって焼け死んだんだよ。日本の戦争に巻き込まれて、なんでうちら朝鮮人がこんな目にあわなくちゃならないのか……。アイゴ……、これも運命《パルチャ》なのかねえ……」

「オモニ、アボジとオモニはなんで日本に来たん？　朝鮮人には自分の国があるやろ？　済州島《チェジュド》が故郷《コヒャン》やといっつも言うてたやん」

希東が時春に聞いた。

「……話せば長くなるよ。けど、これだけは覚えておくんだよ。おまえたちのアボジは決して自分のためだけに生きようとはしなかったんだよ。防空壕の話でもわかるように、いつも誰かを助けようとした人なんだよ。おまえたちがもう少し大きくなったら話してやるよ」

時春は油餅の入った笊を持って立ち上がり、皿に盛りつけると遺影の前に並べた。腰を下ろし、遺影をみつめたまま、しばらく身じろぎもしなかった。

夕日が山の稜線を赤く染めはじめると、時春は手早く畑仕事を終え、家に急いだ。家族の夕餉の用意をし、噛むのももどかしく食事を終えると、顔を洗い、清潔なチョゴリに着替え、裏口から外に出た。秋の夕暮れは早い。村の家々のほのかな灯りを頼りに、村のはずれにある家に向かう。四つ角にさしかかると、息をきらせた善姫と会った。二人はうなずき交わし、足を早める。

そろりと戸を開けると、ランプに照らされた六人が一斉に二人を見た。時春と善姫は顔を赤らめ、部屋の隅に並んで座った。

「皆が揃ったようですね。では始めましょう」

先生は黒板に一字一字丁寧にハングル文字を書いていく。七人の生徒は藁半紙にそれを書き写していく。自分の指が鉛筆を握っているのが不思議だ。鍬と竈に投げ入れる薪と繕い物をする針と菜を切る包丁の柄だけを握って、ずっと暮らしていくのだろうと思っていた時春だった。

町から来た若い男の先生が、村のはずれにある家で文字を教えてくれると聞いたとき、時春はまず月謝のことが頭をかすめた。病気がちの母親とまだ幼い弟妹を抱えての暮らしは、食べていくのがやっとだった。あきらめかけていた頃、善姫が「ただなんだよ、お金なんていらないんだよ！」と叫ぶように言って、一緒に行こうよと強く勧めてくれた。自分の名前さえも書けない時春と善姫だった。夜学の先生が藁半紙に書いてくれた自分の名を指でなぞった。指先に力が湧いてくるようだった。野良仕事を終えて夜学に集まった生徒たちは、先生が黒板に書く文字をみつめ、先生の口元をみつめて懸命に文字の読み書きを学んでいった。喋っていることをそのまま文字に書き写すことができるなんて！　週に二回の夜学が時春の生活の張りになった。

農民と労働者

俺は農夫だ　君は労働者だ
我らは同じ働く人間だ
高くもなければ低くもない
俺は畑を耕し　君は鉄を打つ
我らの世が良くなるように

休まずに働こう
進め前に　もっともっと進め

先生が本を手に、黒板にチョークで一字一字、ハングル文字を書いていく。生徒たちは目で追い、反芻し、藁半紙に鉛筆で書き写していく。

善姫が先生、と手を上げた。

「あたしは夜明けに起きて家族のご飯をつくって、畑に出ます。日が暮れるまで働いています。休まずに働くのは無理です、体が持ちません」

時春もうなずいた。他の生徒たちもうなずいた。先生が七人の顔を見渡しながら言った。

「働くということは、家族のためだけに使う言葉じゃないんだよ。社会のために働くこともあれば、民族のために働くこともあるんだよ。この詩を書いた尹奉吉《ユンボンギル》という人は二十五歳で死にました。日本軍によって銃殺されたんだよ」

小さな部屋に衝撃が走った。

「彼は農村に出向いて夜学を開き、貧しい農民たちのために力を尽くしました。無知が我が祖国を日本に強奪された根本原因だと考えた彼は、文盲退治のために夜学を開き、農民と労働者が共に助け合って暮らしていく未来を願って、さまざまな活動を行いました。我が朝鮮は日本の支配下に置かれています。彼は親兄弟、妻と二人の幼子を置いて鴨緑江《アムノッカン》を越え、朝鮮の独立のために中国の上海に渡り、日本軍人たちに爆弾を投げました。二人が死亡し、大勢が重軽傷を負いました。その場で捕らえられた彼は「〝大韓独立万歳《テハントンニップマンセー》〟！」と叫んだそうです」

部屋は水を打ったように静まりかえった。先生は黒板に向き直り、独立《トンニップ》、解放《ヘバン》と書いた。その日以後、先生は夜学に現れなくなった。

時春は身の周りのものを包んだ包みを背中にたすきがけにし、左手にもうひとつの包みを提げ、右手に渡航証明書を握って、君が代丸《クンデファン》の乗船乗り場の前に立った。水上駐在所の警官が渡航証明書と時春の顔を交互に見比べ、ようやく顎をしゃくってヨシッと言った。背中に脂汗がながれ、心臓は早鐘を打っていた。平静を装いながら、時春は君が代丸のタラップを上がった。

三等船室は既に足を伸ばす場所すらなかった。人いきれと汗の臭いが充満していた。日が暮れるまでにはまだ間があった。時春は手すりをしっかり握りしめ、一歩一歩、慎重にタラップを上って甲板に出た。眼前に大海原が広がっていた。わあ！　思わず、時春は声をあげた。村のオルム（漢拏山の寄生火山。大小合わせると約三六〇ある）に上ると、どこからでも海は見え、視界のどこかに入り江や集落や遠くの島があり、海が済州島を包んでいるような安堵を覚えたが、目の前の海は違った。どこまでも続く果てのない海だった。スクリューが絶え間なく巻き起こす白い波しぶきの他は、ただ大海原が拡がっていた。

君が代丸は済州邑《チェジュウプ》、朝天《チョチョン》、金寧《キムニョン》、表善《ピョソン》、城山浦《ソンサンポ》、西帰浦《ソギポ》、翰林《ハルリム》、涯月《エウォル》など十一箇所の面（地方行政単位の一つ、郡の下にあたる）所在地の港で人々を乗せ、二日後に日本の大阪に着く。遠い親戚が迎えに来てくれる。懸命に働いて仕送りしよう。不安をなだめるように時春は自分に言い聞かす。チマの上から渡航証明書を確かめる。

「いいかい、あいつらときたらちょっとやそっとじゃ発行してくれないんだよ。何度も足を運んで、顔を覚えてもらうんだよ。大阪には親戚がいる、働き口もある、このままじゃ家族が飢え死にします。私が大阪で働かないことにはどうしようもないんです、助けて下さい、お願いします、と涙の一滴も流さないといけないんだよ。ああ、渡航証明書には名前と所番地の他にどんな顔をしているかも書かれるんだよ。あいつらは若い女とみれば顔や体を撫でさするんだよ。右を向け、次は左だと口で言えばいいものを……。いいかい、辛抱するんだよ、間違っても手で払いのけたりしちゃいけないよ。あ、それと煙草の一箱も持っていくんだよ」

大阪に出稼ぎに行き、体をこわして済州島に戻ってきた隣村の女が口を酸っぱくして言い聞かせてくれた。時春は女の言う通り、畑仕事の合間をぬって何度も面駐在所に通った。何度、足を運んでも手で蝿を追っ払うように相手にされなかった。思い余ってそっと煙草を差し出した。聞く耳を持たなかった警官がしぶしぶ時春に向き直った。名前は？　所番地は？　時春の答えを書き写していた警官が立ち上がり、時春の肩を両手でつかんだ。右手で時春の顎をつかみ、顔を覗きこんだ。煙草臭い息がかかった。掌で頬を撫で、右を向かせ、左を向かせた。警官の掌は胸の上を滑り、尻を撫でた。父親以外の男の掌が、時春に触れるのは初めてだった。幼い頃に長患いで父を亡くした時春は、父の記憶さえ朧だった。手をはねのけたいのを必死でこらえた。屈辱で顔が火照り、唇が震えた。警官がくくっと喉をならした。さあ、持って行け、渡航証明書だ。時春はそれを手にして駐在所を出た。出た途端に涙がふきこぼれた。

家に帰った時春はすぐさま水甕の水を汲んで、顔を洗った。警官に触れられたところが焼き鏝を当てられたように熱かった。チマチョゴリを脱ぎ捨て、何度も水をかぶった。歯の根が合わなくなるまで水をかぶった。

「時春や、何をしてるんだい？」

布団から大儀そうに半身を起こした母親が聞いた。

「何でもないわ。汗をいっぱいかいたから……」

「そんだけ水を使って、今晩の煮炊きができるのかい？」

「うん、うん、大丈夫よ」

そう答えたものの水甕の水はほとんど残っていなかった。暗くなる前に水汲み場に行かねばならない。時春は手早く着替えて水甕を背負い、家を出た。あたしが大阪に行ったら誰が水を汲みに行くのだろう。母は病気がちだから無理、弟は十二歳、妹は九歳……。大阪に行くまでにもう少し小さい水甕を用意しなくては……。あれこれ思いをめぐらせながら、肩に食い込む紐を握り締めて家路を急いだ日のことが思い出される。

潮風にあたりながら、波立つ海面を見ていると吐き気がこみ上げた。チョゴリを汚すまいと手で受けた。粟、麦、青菜の切れっぱし……。時春は母や弟妹たちの顔を思い浮かべながら、あたしが家長だ、しっかり働こうと自分に言い聞かせ、三等船室に向かった。時春が海を眺めていたわずか一時間ばかりの間に、三等船室は廊下にまで人があふれていた。時春は扉に身をもたせかけ、手荷物を抱えて目をつぶった。

君が代丸は二日後に大阪の築港に着いた。時春は人ごみをかきわけながら桟橋に降り立った。この人ごみのなかで親戚のおばさんを探せるのだろうか。おばさんはわたしを見つけてくれるのだろうか。時春は左右を見渡し、背伸びをして、おばさんの姿を探した。時春の周囲から人々の姿が消えていった。おばさんが迎えに来てくれなければ、言葉も通じない異国の地でどうしたらいいのだろう。涙をこらえようとしても、涙があふれた。時春は手荷物を抱えたまま、しゃがみこんだ。背中に手がおかれた。

「遅れてごめんよ」

時春はおばさんに抱きついて、しゃくりあげた。ひとしきり泣いた後、時春はおばさんの後について猪飼野に向かった。

顔をあげて歩けばいいのか、うつむいたほうがいいのか、異国の地のすべてが時春には恐ろしかった。匂いが違う。人があふれている。済州島の五日市（五日に一度開かれる市）でもこんなに人は多くなかった。鶏小屋のような家が立ち並んでいる。その小さな家からさまざまな音や声が聞こえてくる。済州島の家は茅葺きだった。けれどこんなに小さくはなかった。家々には庭があり、そこで野菜を栽培していた。ここには空間がない。山も海も見えない。息が詰まりそうだ。ここが大阪なのか。ここで懸命に働いたなら、わたしが家族を養えるのか。めまいと吐き気をこらえながら時春はおばさんについて行った。

「さあ、ここだよ。疲れただろう。お腹もすいただろう」

夕飯が準備された。雑穀だけの飯とは違って、ほんの少し白米が混じっていた。ぱさぱさして、箸からこぼれる雑穀米と違って、白米混じりの飯は粘り気があった。法事のときにしか口にできない白米だった。日本の大阪に行けば白米が食べられるというのは本当だったんだ！　時春は呑みこむのが惜しいほどだった。蜆の味噌汁とめざし、キムチ、時春にとってはご馳走だった。空腹が満たされると、それまでの緊張がほぐれて、まぶたが下がってきた。おばさんが奥の小さな部屋に布団を敷いて、時春に寝るように促してくれた。布団にもぐりこむや、時春は寝息をたてはじめた。


「まだ眠っているのかい？」

「寝かせておやりよ」

誰かの声が交互にしたが、時春は目を開けることができなかった。起きて挨拶せねばと思うのだが、体が泥のように重かった。聞こえてくるのは済州語だった。わたしは君が代丸に乗って大阪に行ったはずなのに……。ゆっくり目を開けた。丸い裸電球がぶら下がっていた。あ、と小さな声をあげて時春は体を起こした。

「起きたかい？　よく眠っていたねえ。よっぽど疲れていたんだね」

戸を開け放った隣の部屋から、時春にかけられる言葉はどれも優しかった。そして済州語だった。

「さあ、こっちに来てご飯をお食べ」

時春は布団を手早く片付けて、ぺこりと頭をさげた。席に着こうとしない時春の様子に、あ、と少女が立ち上がって時春の手をとった。

「ここが便所」

時春は便所の戸を開けた。臭気が鼻を刺した。時春はおそるおそる汲み取り便所の底をのぞいた。

「ふふっ、豚はいないよ（済州島の田舎では石垣をめぐらせた庭の片隅に厠をつくり、同じ空間で豚を育てた。豚は人間の排泄物を食べ、豚の糞は畑の肥料にした）」少女が快活な笑い声をたてた。用を足して戸を開けると、少女が待っていた。

「あたし、玉姫《オツキ》。十七歳」

「あ、あたしは時春。もうすぐ十七」

「あたしは三陽《サミャン》から来たの。黒い砂浜で有名な。あんたは？」

「あ、あたしは梨湖《イホ》」

「へええ、どっちも海辺育ちだね。年も近いし。あたしたち一緒にゴム工場で働くんだよ。あたしはここに来て一年と半年になる」

「あ、よろしくね、いろいろ教えてね」と時春が言った。初対面にもかかわらず気さくに話しかけてくる玉姫に、時春は済州島の村にいるような錯覚と安堵を同時に覚えた。伏目がちに話していた時春は、笑顔をかえそうと玉姫の顔を見て、慌てて目をそらした。黒目がちの丸い瞳に小さな鼻、ぽってりとした唇。顔全体に広がったあばたが無ければ、充分に人目を引く愛らしい顔立ちだった。

「今のうちにしっかり見て、慣れてしまってね」

　と玉姫が言った。

「あたしがいじめられて泣いて家に帰ると、母さんがあたしの倍以上、泣くんだよ。うちが貧しいばっかりに、このわたしのせいだ、この子が不憫だ、といつも同じことを繰り返し言って泣くんだよ。貧乏なのは母さんのせいじゃないのに。だからもう泣くのはやめたの。泣いたからってどうにかなるもんじゃないし。この顔だからお嫁にはいけないし、でも生きていかなきゃならないから、あたしは母さんが止めるのも振り切ってここに働きに来たのよ。懸命に働いてお金を貯めて、済州島に土地を買うのよ。自分の土地さえあれば暮らしていける。ね、そう思わない？」

時春は何度もうなずいた。自分の土地さえあれば小作料は払わなくても済む。地主の顔色をうかがうこともなくなる。畑に植えた作物はすべて家族のものだ。それを五日市に持って行って、売らせてもらおう。現金が入る。うん、あたしも懸命に働こう。母と弟妹の朗らかに笑う姿を時春は思い描いた。

時春は上着とズボンに手を通した。着古したものだったが、肘や膝の生地が薄くなった部分には丁寧に継ぎ当てがされていた。初めて着る洋服であり、作業着だった。袖も長く、ズボンの裾も長かった。玉姫が、こうして着るんだよと袖を折り、ズボンの裾を折ってくれた。黒い長靴を履き、時春は玉姫についてゴム工場に足を踏み入れた。秋風がうすら寒い日だったが、工場の中に入ると蒸れたような空気が充満していた。時春は初めて嗅ぐ臭気に思わず鼻を押さえた。玉姫がズボンのポケットから手拭いを取り出し、時春の鼻と口を覆って、首の後ろで硬く縛った。

「最初は皆そうだよ。慣れるよ、あたしもそうだったから」

工場の隅に置かれた長方形の機械が鈍い音を立てて、原料となるゴムを混ぜ合わせている。近くに寄ると汗ばむほどだ。

「今が秋で良かったよ、夏は工場に入るだけで汗びっしょりになるよ」

横の機械からは均一に練られたゴムが太いロールに巻き取られて出てくる。まだ熱いゴムが固まらないうちに金型で成型する男たちの姿に、時春は怖気づいた。

「大丈夫だよ、ここは同胞《トンポ》の村《トンネ》だから。皆が皆、うちらと同じ朝鮮人だよ」と玉姫が言った。玉姫は時春に仕事の段取りを教えた。このゴム工場は日本人が履く地下足袋の底や、靴底にあたる部分を製造していた。玉姫は成型されたゴム底部分のチェックをまかされていた。はみ出たゴムを鏨で切り取り、サイズを揃え、箱詰めする作業だ。玉姫は時春に鏨の持ち方を教えた。屑ゴムを持ってきて、力の入れ方を何度も教えた。

「変なところに力が入ると手を切るよ」

工場全体に漂うゴムの臭気に慣れさえすれば、何とかできそうに思えた。でも夏には汗びっしょりになるって……。ううん、これから冬に向かう。夏を迎える頃にはきっとこの仕事に慣れているはずだ。時春は不安に揺れながらも、時春の顔を覗きこみ、仕事の手順を教えてくれる玉姫が傍にいてくれさえすれば、何とかやっていけるだろうと思った。六時を告げるサイレンが鳴った。玉姫が時春の手をとって、工場裏にある水道場に連れて行った。腕をまくりあげ、石鹸をなすりつけた。白い石鹸が見る間に真っ黒になった。

「爪を見てごらん。爪の間に煤が溜まってるから。顔も洗うんだよ。鼻の中に煤が入り込んでるから、鼻の穴に指を入れて洗うんだよ」

時春は玉姫を真似て腕を洗い、顔を洗い、鼻の穴に指を入れて洗った。

「そうそう、よくできました」

玉姫が笑った。泡だらけの顔をあげて、時春も笑った。


時春がゴム工場で働き始めて十日が過ぎた。玉姫が声を弾ませて言った。

「明日は休みだよっ、ね。どこに行こうか、何をしようか」

問われても時春は答えようがなかった。工場と住み込み宿の往復で、どこに何があるか、何ができるのか、皆目見当がつかなかった。

「いいから、あたしにまかせて」と玉姫が言った。

「でも、着ていける服がない……」

作業着以外には済州島から持ってきたチョゴリしか無かった。

「同胞《トンポ》の村《トンネ》だよ、あたしもチョゴリ着るから」と玉姫が言った。

時春が賄いの夕飯を食べていると、飯場のおばさんが、「明日は初めての休みだろ、これでうどんでも食べなよ」と小銭を握らせてくれた。「え、でも」と時春が受け取らないでいると、「あたしもそうしてもらったんだよ」と笑いながら言った。

時春と玉姫は夕飯を食べ終えると、作業着を持って水道場に行った。洗濯石鹸をこすりつけ、両手で押し洗う。十日間の汗と煤が黒い水となって排水溝に流れていく。「砧《きぬた》（洗濯物の汚れを叩いて落とす木の道具）があればいいのになあ」と時春が言った。

「日本では砧の代わりに洗濯石鹸だよ」と玉姫が言った。二人は洗濯物を固く絞り、竿に干した。

いつもは布団にもぐりこむや、すぐに寝息をたてる時春だったが、明日の休みに心が騒いでなかなか寝付かれなかった。母さんはどうしているだろう。弟や妹は元気だろうか。この時期は粟や豆の穫り入れ時だ。鎌で手を切ったりしていないだろうか。いつかお金が貯まって故郷に帰る日が来たら、お土産に顔を洗う化粧石鹸と洗濯石鹸を持って帰ろう。泡だらけになって笑う弟や妹の顔が見たい。遠くから砧で洗濯物を打つ音がする。トン、トントントン。母の手が優しく時春の背中を叩く。いい子だ、本当にいい子だ、さあ、ねんねしな……。

時春は布団のなかで大きく伸びをした。明け方に目が覚めたが外は暗く、あ、今日は休みなんだと気がついてもう一度眠った。体にこびりついていた十日間の疲れが嘘のように消えていた。髪の毛を丁寧に梳いて、後ろでひとつに編み、その先には赤いテンギ《りぼん》を垂らした。もう何年も前につくってもらった晴れ着のチョゴリに腕をとおした。つくってもらった時には大きくて、チマの裾上げをしたりして着ていたのが丁度良い大きさになっていた。玉姫が迎えに来た。玉姫も髪の先に赤いテンギを垂らしていた。薄桃色のチョゴリを着た時春と萌黄色のチョゴリを着た玉姫のチマは共に紺色だった。

「ね、あたしたち、双子みたいだね」と玉姫が笑った。二人は手をつなぎ、平野運河に沿って猪飼野の町を歩いた。町のどこからも音がし、声が聞こえてくる。鈍い機械の振動音。子どもを叱りつける声、笑い声。粗末な家が立ち並んだ路地を歩いた。

「ここは同胞《トンポ》の村《トンネ》だよ」と玉姫が言った。

「あたしたちのように君が代丸に乗って働きに来た人たちが住んでるんだよ」と言葉を続けた。家の軒下に干された洗濯物には、赤ん坊のおしめに混じって男物の大きなパジ（裾を絞ったズボン状のもの）が干されていた。

時春は平野運河の橋の欄干からおそるおそる下を覗き込んだ。ゆったりとした川の流れに目を見張る。雨が降らない限り、川面に水を湛えない済州島の川。剝き出しになった大きな岩を思い浮かべる。ああ、ここは日本なんだ……。玉姫がワッと大声を出して時春の背中を押した。驚いた時春がワッと大声を出して玉姫をぶつ。二人は小突きあい笑いさざめきながら、一条通りから朝鮮市場へ向かった。

時春は朝鮮市場に足を踏み入れるなり、わあっと歓声をあげた。コムシンを並べた店がある。目に鮮やかなチョゴリをつくる反物が並べられている。干し明太がある。笊に盛られた干しワラビがある。肉屋の店先には法事につかう豚の頭があり、横には湯気のたつ腸詰と豚肉の塊がある。時春はつないでいた玉姫の手を振り回し、「ねえ、ねえ、ここが大阪？　済州島に帰ってきたみたい！」と叫んだ。買い物客のなかにはチョゴリ姿の女も多く、時春は体の奥で詰まっていた何かが弾け飛んだような開放感を感じた。

魚屋の店先には銀色に光る太刀魚が長い体を伸ばして並んでいた。魚をさばいた後のアラも笊に盛られて安値で売られていた。一月に一度、時春は母の体調が良いときに弟妹と連れ立って五日市に出かけた。魚のアラは貧しい時春の家族にとって、貴重な蛋白源だった。母がつくってくれたわかめ汁の表面に浮いた油膜を時春も弟妹も箸の先で突っついて笑い、雑穀飯を入れてむさぼり食べたものだった。鍋の底に沈んだアラに残った身をせせりながら食べていた弟に妹……。涙がせりあがってきた時春はあわてて目をしばたいた。

店先では頭に手ぬぐいを巻き、足元まで覆う長いゴムのエプロンをつけた男が魚をさばいていた。男の持つ出刃包丁が魚の頭を一気に落とし、刃先が魚の胸から尾に向かい、ハラワタをかき出す無駄のない動作に時春と玉姫は見とれていた。二人の視線を感じた男が顔を上げた。男の視線が二人に交互に注がれ、時春に止まった。

「時春、時春じゃないか」

男は出刃包丁を置いた。

「先生……」

玉姫が囁いた。

「ね、誰？　知ってる人？」

「先生、夜学の先生……」

「そう……、そうなんだ。この朝鮮市場はね、死んだと思っていた人に会えるところなんだよ。帰り道わかるよね、迷子にならないでね」玉姫が時春の背中に手を置いた。

「ゆっくりしておいで。先に帰ってるからね」と玉姫は言って人ごみのなかに消えた。

男が近づいて来た。時春は思わず目を伏せた。

「いいかい、しばらくここで待ってて」

男は言い残して、店の奥に向かった。やがて、こざっぱりした服装に着替えた男がやって来た。二人は朝鮮市場を横に折れ、しばらく無言で歩いた。男が近くのうどん屋に時春を連れて行った。向かい合わせに座った男の視線を感じて、時春は顔をあげることができなかった。うどんが運ばれて来た。

「甘く感じるかもしれないけど……」

「え？」

「済州島で食べたうどんに比べると、日本のうどんは甘く感じるかもしれないけど」

「あ、はい」

「そんな時はこれを振りかけるといい」男は卓上の小さな容器に入った一味唐辛子の蓋をあけて、うどんに振りかけようとしたが、勢いあまって中身の大半がうどんにこぼれた。

時春が唐辛子を箸ですくって、自分のうどんに載せた。

「ああ、丁度いい辛さになる。時春は気がきくな」と男が言った。

「さ、熱いうちに食べよう」二人は同時に箸を取ってうどんを啜り、同時に咳き込んだ。

「まだ辛いな」と男が言った。

「もう大丈夫です、おいしいです」と時春が言った。二人はうどんを食べ終えて店の外に出ると、また歩き出した。

「先生」と時春が言った。

「もう僕は先生じゃないよ。魚をさばいているただの男だよ。魚臭いだろ」と男が笑った。

「俺は農夫だ　君は労働者だ　俺は畑を耕し　君は鉄を打つ　高くもなければ低くもない……」

「凄いな、覚えていたのか……」

「あたしはゴム工場で働いています。ゴム臭いでしょと言ったら先生は叱るでしょ。職業に高いも低いもない、汗を流して働くことが尊いことなんだと教えてくれたのは先生でしょ。そんな言い方、先生らしくありません」

男は立ち止まり、頭を掻いた。

「ああ、そのとおりだ。時春の言うとおりだ。反省する。ところで先生と呼ぶのはやめてくれないか」

「あたしは先生の名前を知りません。だから先生としか……」

「ああ、僕は金宗守《キムジョンス》と言います。だからもう、先生と呼ばないで下さい」

「はい、では金さんとお呼びします」

「金さんかあ、それも何だかなあ、けど、当面はそう呼んでくれればいいよ、尹《ユン》さん」

二人は顔を見合わせて笑った。

「金さんがこの大阪にいるなんて、想像もしませんでした」

「僕も尹さんがここに来ているだなんて思ってもみなかった。おまけにこうして会えるだなんて……」

「何があったんですか？　何かあったんでしょ。あたしたちに何も言わないで姿を消した理由を教えて下さい。皆がどれだけ心配したことか……」

時春の詰問に近い言葉に男はしばらく口をつぐんだ。

「先生、金さん」

「……あの頃、夜学は日帝警察の執拗な追跡で壊滅状態に陥っていたんだ。劣等民族を日本天皇の皇国臣民にしてやった恩を忘れたのか、宗主国である日本に逆らうつもりか、とね。夜学は反日思想を育てる悪しき巣窟だと。下貴《ハグィ》（地名）で五月五日の子供の日に夜学で学んだ青年たちが抗日デモを行ったんだ。五十人以上が検挙された。僕の大切な友人もその一人だった。彼は酷い拷問を受けたあとに日本の炭鉱に送られた。彼の消息は途絶えた。このままじゃ僕も徴用されて炭鉱に送られるだろう。日本のために無駄死にはしたくなかった。卑怯者と言われようが、僕は生きていたかった。だから日本に来たんだ。宗主国のこの日本に……」男の眼に涙が光った。時春は何度もうなずいた。

「ご無事で何よりです、先生……」時春の頬に涙がつたった。

「先生って言うなって言ったじゃないか」

「あたしにはやっぱり金さんよりも先生のほうがしっくりするんです」

二人はただ黙って日の暮れた猪飼野の町を歩いた。「あ、そうだ、一緒に行こう」男は時春をうながして朝鮮市場に向かった。朝鮮市場のなかでもひときわ大きな店の前で男は立ち止まった。『李兄弟商会』の看板が掛かっていた。看板には大きく、醤油・味噌・乾物・穀物・海陸物産各種と書かれていた。男は客で賑わう店先から奥に入り、しばらくして戻ってきた。手に新聞紙の包みを持っていた。

「済州島の沖合いで獲れた烏賊だよ。干してあるから日本語ではスルメと言うのかな。賄いのおばさんにあぶってもらって、一緒に食べるといい」時春は礼を言って受け取った。

店番をしていた女性が駆け寄って来て男に目配せをし、時春に「頑張るのよ」とささやいて店に戻った。

「あの店には魚や肉以外なら何でもあるからね、買い物をするときはあの店で買うといいよ。それに……売り上げの大半が祖国の解放と独立に結びついているんだよ」と声を低めて言った。何のことかわからず、首をかしげる時春に男は重ねて言った。「民族を取り戻すための活動をしているんだよ、ここ、日本の大阪で」男の横顔に矜持があった。時春が鉛筆を握り、仰ぎ見たかつての男の顔だった。

その日から、時春の休みの日には二人で逢瀬を重ねた。金さんが宗守《ジョンス》さんになり、尹さんが時春《シチュニ》になるまで、さほどの時間はかからなかった。時春はもう会えないと思っていた先生に会えた日のことを時折思い出す。死んだと思っていた人にめぐり会えるという朝鮮市場での再会があって、夫婦となったことを有り難く思う。共白髪となるまで一緒に暮らしたかったのにと、遺影を見ながら恨めしく思う。隣人を助けるためにアメリカの焼夷弾に焼かれた夫。あなたらしい、と思う。そんなあなただったからこそ、今もこんなに恋しいのだと思う。時春は遺影の前からようやく立ち上がった。

糊のきいた白いチマチョゴリのコルム（結び紐）をなびかせて、女が朝鮮市場の雑踏をかきわけるようにして進んでいく。背筋を伸ばして悠然と歩くいつもの女ではなかった。……こんなことが、こんなことが。女の胸底には同じ言葉が渦巻いている。

女は馴染みの客に鍼を打っていた。猪飼野界隈では珍しい小金持ちの女だった。小さな呑み屋の女主人で、酒の肴が安くて旨いと評判を呼んでいた。女は背中を露わにして、居間に敷かれた寝具にうつ伏せになっていた。鏡台に置かれたラジオから歌謡曲が流れている。♪丘のホテルの赤い灯も　胸の灯りも消えるころ　みなと小雨がふるように　ふしも悲しい口笛が　恋の街角　路地の細道　流れゆく……

「胸にしみる可憐ないい声だねえ」

「この子、十二歳なんだってさ。天才少女歌手の美空ひばりだよ。噂なんだけどさ、父親がうちらと同じ朝鮮人だっていうよ」

「へええ」

うつ伏せになった女の背中から首のつぼに数本の鍼を打ちながら、女はラジオから流れる歌謡曲に耳を傾けていた。藤山一郎の「青い山脈」の途中で急に歌が途切れ、「臨時ニュースです、臨時ニュースをお伝えします」と硬い声音のアナウンスに切り替わった。

本日未明、北緯38度線にて北朝鮮軍が韓国に向けて砲撃を開始しました。その30分後に約10万名の兵力が38度線を越えたと見られています。一九五〇年六月二十五日午前四時、北朝鮮軍が韓国に向けて砲撃を開始しました……。

背中と首に鍼を打たれてうつ伏せになっていた女は乳房もあらわに起き上がり、鏡台の上のラジオのボリュームを上げた。女二人は顔を見合わせて、震え始めた。

「何だって、何を言ってるんだい。わかりやすく言っておくれ」

「戦争だよ、戦争が始まったらしいんだよ」

「同じ朝鮮人同士がどうして戦争するんだい」

「三十八度線の北にはソ連が、南にはアメリカが……ああ、わたしにわかるもんかね。けど大変なことが起こったようだ」

「今日はもう手が震えて鍼が打てない。次にしよう」

女は馴染み客の肩から首に打った鍼を震える指で抜き、帰り支度を始めた。鍼の入った巾着袋を硬く握り締め、女は買い物客で賑わう朝鮮市場を小走りに急いだ。

「希東オモニ、希東オモニ、いるかい」

希東の家の戸は半分開け放たれて、入り口に渦巻き蚊取り線香の煙が細くたなびいていた。時春はミシンの手を止め、振り返った。上がり框に女がへたりこんでいた。

「何があったんですか？　そんなに息を切らせて」

「戦争だよ、戦争が始まったんだよ」

時春は女の言葉に思わず外に出て空を仰いだ。B29の編隊が空を覆った大阪大空襲を思い出して身震いした。

「戦争って、まさか……」

「ああ、そのまさかだよ。北と南が戦争を始めたんだよ」

「アイゴ……」

部屋の中で一部始終を聞いていた希東が、表に止めてあった自転車に飛び乗った。平野運河沿いに沿って懸命にペダルを漕いだ。アリラン食堂に着くと、店内に響き渡るような大声で耳にしたことを伝えた。希東は自転車にまたがると履物工場に向かって、自転車を走らせた。ミシンの騒音に負けないような大声で、耳にしたことを伝えた。

アリラン食堂の調理場で野菜を洗っていた冬芽は、希東の大声に何事かと店内に向かった。希東が頬を上気させて、朝鮮で戦争が始まったと叫ぶように言ったのを聞いた。履物工場でミシンを踏んでいた雪芽は、工場の入り口に仁王立ちになった希東が声を張り上げて、朝鮮で戦争が始まったと言うのを聞いた。冬芽は後先も考えずに外に飛び出した。雪芽は希東の言葉を何度も反芻し、ミシンを止めて外に飛び出した。二人は平野運河の橋をめざして走った。息をきらせた二人は出会うなり「聞いた?」と同時に尋ね、「聞いた」と同時に答えた。冬芽は震え、雪芽は泣いていた。二人は手を取り合って橋の上にしゃがみこんだ。どうしよう、どうなるの、父さん、母さん。二人は答えにならない言葉を繰り返しながら、早鐘を打つ互いの胸の鼓動を感じながら泣き続けた。

「ヌナ、冬芽ヌナ。食堂のおばさんがヌナを探してるぞ。この忙しい時にどこに行ったんや、て」

希東が自転車にまたがったまま言った。

「乗れや、俺が食堂まで送っていったる」

冬芽は涙をぬぐい、雪芽に視線を移した。雪芽はうなずいた。冬芽が自転車の荷台にまたがった。自転車に乗って遠ざかる二人を見送りながら、雪芽は小さく手を振った。

四章　風に舞う

雪芽《ソラ》は乳をたっぷり飲んで、腕のなかで寝入る伽倻《カヤ》の髪の匂いを嗅ぐのが好きだった。それは伽倻がハイハイし、伝い歩きができるようになり、片言を喋り始め、会話ができるようになるまで続いた。伽倻の頭は日向の匂いがした。それは雪芽にとって癒しであり、希望だった。

ある日、雪芽は履物工場の親っさんに事務所に来るように言われた。何か不手際でもあったのかと雪芽は体を硬くした。親っさんは雪芽に座るように言った。うつむいたままの雪芽に親っさんはこう言った。

「雪芽ちゃん、そんなに緊張せんでもええんやで。あんたが十歳の頃からわしはよう知ってる。影日向なしに一生懸命に働いてきたあんたをよう知ってる。あんたももうすぐ二十歳になるやろ。そこで、あんたにお願いがあるんや」

親っさんはテーブルの上のお茶をすすり、言葉を継いだ。

「どやろ、うちの息子の嫁になってくれんか」

思いがけない言葉に、うつむいていた雪芽は顔を上げ、瞬きするのも忘れて親っさんの顔を見上げた。

親っさんの息子の昇基《スンギ》は履物工場の配送をまかされていた。配送はたいてい午後からだった。暇な朝の時間帯にはこれ見よがしに流行の服を着て工場内をうろつき、仕事をしている振りをした。頭の毛をポマードで塗り固めていた。ある日、昇基とすれ違った雪芽は、その嗅ぎ慣れないポマードの臭いに思わず顔をしかめた。「コラッ、誰にそんな顔をさらすんじゃ」怒号がとんだ。それ以来、雪芽は昇基の姿を見ると身を遠ざけた。

「うちの息子はやんちゃで困る。あんたみたいな真面目な娘さんと一緒になったら、昇基もまっとうになるように思えるんや。わしらを助けると思うて一緒になってくれんやろか。ま、急な話やから急に返事はできんと思うが、あんたに一生、苦労はさせんつもりや」

親っさんの言葉で、ここしばらくの昇基の行動が腑におちた。雪芽が仕事を終えて着替え、工場の門を出ると、待ち構えていたように昇基が姿を現すのも一度や二度ではなかった。雪芽を値踏みするように全身を眺め、薄ら笑いを浮かべて踵を返す。ある時は不意に肩をつかまれた。「済州島《チェジュド》の山猿も年頃になると、それなりになるんやな」。煙草臭い息がかかった。「ああ、雪芽ちゃん、いい所で会ったよ。これを運んでおくれ。重くて腕が抜けそうなんだよ」。棒立ちになったままの雪芽に、賄いのおばさんが体当たりをするように食材がどっさり入った買い物袋を押しつけた。おばさんの機転でその場を逃れたことすらあった。

雪芽はその後、どんな顔をしてミシン台に向かったのか記憶がない。熟練工といえる雪芽は、その日、糸の調節がうまくいかなくて何度も糸を切った。

仕事を終えると、雪芽はアリラン食堂に向かった。アリラン食堂は夕食をとる労働者で賑わっていた。冬芽《トンア》は注文をとり、料理を運び、食べ終えた客の食器を下げ、きびきびと立ち働いていた。冬芽は雪芽を見ると目を丸くして驚き、そして目配せした。雪芽は食堂の奥の調理場に行き、洗い物をし、配膳の手伝いをした。店が一段落すると、冬芽はアルミ鍋に入った湯気の立つ鍋焼きうどんを持って来て、二階に向けて顎をしゃくった。二人は軋む階段を上って冬芽の部屋に入った。四畳半の簡素な部屋だった。部屋の隅に畳まれた布団があり、真ん中には小さな卓袱台、服などを入れたダンボール箱が数個、雪芽の住み込み先とさほどの違いは無かった。ただ、冬芽の部屋のハンガーには薄桃色の小花が散った丸襟の白いブラウスが掛かっていた。

雪芽は卓袱台の上を片付けようと身をかがめた。手鏡と帳面と鉛筆と消しゴムがあった。帳面の表紙にはシャボン玉で遊んでいる女の子と男の子の絵があり、かんじれんしゅうちょうと書かれていた。

「どうしたん？　これ」

「ああ、希東がくれたんよ。これからは漢字も勉強しいや、言うて。あ、雪芽の分もあるよ」

雪芽は帳面を開いた。数字の一から始まっていた。書き始めには線が濃く印刷されていて、続く線をなぞっていくと書き順がわかるようになっていた。帳面の半分ほどに練習した跡があった。

「いつ貰ったん？」

「うーん、先週の今頃かな」

「今度いつ会うの？」

「あさっての今頃」

「しょっちゅう会うの？」

「なんでいちいちそんなこと聞くのよ。さ、食べよ、うどんがのびるよ」

うどんをすするたびに冬芽の頬にえくぼが浮かぶ。笑うともっとくっきりえくぼが浮かぶだろう。雪芽は冬芽と向かい合ってうどんをすすりながら、この鍋のなかに一味唐辛子をいっぱい振りかけて真っ赤にし、辛さにむせて涙を流しながら食べたいと思った。

「ね、何かあったんやろ？　いつもは暇な時間を見計らってくるのに。どうしたん？」

冬芽の問いかけにしばらく答えないでいた雪芽だったが、ああ、そのために来たのだったと思い直し、重い口を開いた。冬芽は箸を置いて手を叩き、叫ぶように言った。

「わああ、玉の輿やん、雪芽！」

「タマノコシって、何？」

「あんたは昔も今も物知らずやねんから。玉の輿っていうのは、貧乏な娘が金持ちの男に見初められてええ暮らしができるようになることをいうねん。すごい、すごいことやん！」

「金持ちになることがそんなにええことなん？」

「うちらがどんな思いして今まで生きてきたと思うてるの？　密航船に乗って死ぬような思いして日本に着いて。……今でも時々、密航船に揺られてる夢見て、うなされることがあるんよ。雪芽もそうやろ？　もうあんな思いをせんでもすむってことやで。それにあの親っさんの直々の頼みやろ？　もうこれで、雪芽はミシン台にへばりついて一生を終えることもなく、これからは奥様の暮らしができるということやん！」

「けど、あの息子が苦手やねん。いつもポマードの臭いさせて……」

「よう聞きや。ポマードは朝につけるもんや。晩に風呂入って頭洗ったらポマードは落ちる。臭いはせん。な、わかった？　父さん母さんがこのことを知ったら、どんなに喜ぶやろか」

上機嫌でまくしたてる冬芽に押されて、雪芽はそれ以上何も言えなかった。帰り道、雪芽は平野運河の欄干から、暗くて流れも見えない川面を見つめながら涙をこぼした。

履物工場と住み込み寮の往復だけで、瞬く間に十年が過ぎた。仕事に慣れるので精一杯だった。日本語を覚えるのに懸命だった。熟練工となって給料も上がり、少しは心に余裕がうまれた。ミシンの振動がいつしか雪芽の身体のリズムとなった。いつか済州島の両親と再会する日のことだけを思って倹約し、年頃の娘の楽しみさえ後回しにしてきた雪芽だった。青春を味わうことがないままに結婚しなければならないのかと思うと、よくしてくれた親っさんさえ憎らしくなった。

断ると工場には居づらくなるだろう。新しい仕事を探すのも、住む家を探すのも大変だろう。ことに猪飼野は、済州島から地縁血縁を頼って来た人々がつくりあげた町であり、噂話は一気に拡がる。雪芽はいっそ、この町から逃げようかとも考えた。もう日本語には困らない。ひらがななら読める。大阪弁も使いこなせる。けれど犬の鑑札（外国人登録証）が無い。もし何かあって捕まったら恐ろしい大村収容所行きになる。そうしたら、もう父さん母さんに会えなくなる……。あれやこれや考えると雪芽は自分の境遇が情けなくなり、欄干にもたれたまま、ただ泣き続けた。気づかぬうちに雨が降っていた。雨は雪芽の頭を濡らし、肩を濡らした。雨に打たれて病気になって死ねたら、いっそ楽になるかもしれない……。雪芽は雨に打たれつづけた。

人通りの絶えた町を雨具を羽織った巡査が巡回していた。街灯の光が届かない路地を懐中電灯で照らし、異常が無いかを確かめていた。その懐中電灯が橋の上を照らした。密航者狩りだ！　雪芽は咄嗟に身をかがめ、近くの路地に身を潜めた。巡査が遠ざかるのを待って、雪芽は住み込み先に走って帰った。

翌朝、雪芽はいつも通りに目が覚めた。熱はなかった。昨晩ずぶ濡れになった雪芽は自分の部屋に帰り着くなり、着ているものを全部脱ぎ、手拭いで全身をこするように拭いたのが幸いしたようだった。雪芽は工場でミシンを踏みながら、こんな時こそ落ち着こう、落ち着かねばと自分に言い聞かせていた。まだ二十歳になるには間があった。親っさんに聞かれたら、もう少し考えさせて下さいと言おう。その間にいい方法が見つかるかもしれない。こんな時こそ、いつも通りに暮らさなければとミシンの振動に身をまかせながら考えていた。

仕事を終えて夕飯を済ませた雪芽は自分の部屋に行き、何をするでもなく布団の上に寝転がった。天井に拡がった雨漏りの染みを眺めていると、済州島での日々が懐かしく思い出された。オンドルで背中を温めてもらいながら、親子四人で寝転がり、父さんの話す「昔むかし、虎が煙草を吸っていた頃……」で始まる昔話に耳を傾けたものだった。冬芽は母さんの脇に顔をうずめ、わたしは話すたびに上下する父さんのお腹に手を乗っけて聞き入った。

薄い粥で夕飯を終えた後は、いつも家族四人で寝転がった。「動くとお腹が空くからね、さあ父さんの話を聞こう」と母さんは言った。あんな暮らしを結婚というのなら、こんなに苦しむことはないのだ。あのポマード頭の昇基との結婚は、たとえ裕福であっても思わぬ災いを引き起こすように雪芽には思えたのだった。

雪芽は体を起こし、漢字練習長を手に取った。六角形の鉛筆の角を剃刀で削り、芯を尖らせた。最初の頁の一をなぞろうとしたが芯が折れた。剃刀で芯を尖らせた。また芯が折れた。消しゴムで消した。最初の升目に穴があきそうだった。雪芽は丸くなった芯のまま、力を抜いてなぞっていった。二をなぞり、三をなぞり書きし、十まで書き終えた。イル、イー、サム、サーと朝鮮語で数を読み、いち、にい、さん、しいと日本語で数を読んだ。ふふ。なんだか心が軽くなったようだった。

手に鉛筆の粉がついて黒く汚れていた。雪芽は共同水道の蛇口をひねって、石鹼で手を洗った。部屋の戸を閉めたはずだったが、雪芽の部屋近くから引き戸を開け閉めする音がした。手拭いで手を拭いた後、雪芽は自分の部屋の前に立った。電気が消えていた。電気を点けたままで部屋を出たはずだ。耳をすませた。何の物音もしない。錯覚だったかと雪芽は部屋に入った。

瞬間、口を塞がれ、布団に押し倒された。必死にもがいて体を振り払おうとしたが、男の重い体は雪芽に貼りつき、その右手が雪芽の下半身に伸びてきた。あらんかぎりの力を込めて抗う雪芽の頰に、平手打ちが二度三度と飛んだ。鼓膜がしびれ、全身の力が抜けた。雪芽は暗闇のなかで、自分に覆いかぶさる男のポマードの臭いを嗅いだ。男が出て行った。雪芽は布団の上で四肢を投げ出したまま、身じろぎすらできなかった。少しずつ暗闇に目が慣れてきた。卓袱台の上の漢字練習長が目に入った。雪芽は起き上がろうとしたが、下腹部に鈍い痛みが走り、呼吸を整えねばならなかった。立ち上がると痛みにうずくまった。裸電球を点け、部屋の中を見渡した。敷布団の上に赤い染みが滲んでいた。手鏡は鼻血がこびりついた雪芽の顔を映していた。服にも血の跡があった。雪芽は上着を羽織り、外に出た。

親っさんは履物工場の二階に居宅を構えていた。雪芽の住み込み寮からは歩いて五分ほどの距離だ。歩くたびに鈍い痛みが体を貫いた。真夜中に近い時間だった。ミシン工場近くの街灯が点滅していた。雪芽は階段を這うように上がった。息を整え、拳で玄関の戸を叩いた。家の中は暗い。もう一度、玄関の戸を叩いた。家の奥に電灯が灯り、人影が動いた。

「どなたですか」

「雪芽です、戸を開けて下さい」

親っさんが玄関の戸を開けた。雪芽を見るなり、棒立ちになった。

「どないしたんや、雪芽ちゃん、何があったんや」

奥から奥さんも何事かと出てきた。

「鍵を……、鍵をつけてください、わたしの部屋に鍵を……」

それだけ言うと雪芽はその場に崩れ落ちた。

「おい、救急車や、早う電話せえ」

「救急車はアカン。こんな真夜中にサイレン鳴らしてうちに来たら、近所の噂になる」

「そんなん言うてる場合か」

「うちがずっと世話になってる村木先生に電話しましょ」

雪芽は薄れゆく意識のなかで二人の会話を聞いていた。居間に運ばれた雪芽は薄い毛布をかけられて横たわっていた。やがて毛布がめくられ、雪芽に何が起こったかを知った村木医師と親っさんとで体を担がれて、村木医師の車に乗せられた。奥さんは親っさんに言いつけられて、雪芽の部屋の後片付けに行った。雪芽は村木医院の離れに運ばれ、そこで三日間療養した。奥さんが三度の食事を運んできたが、最初の二日間はただ眠っていた。三日目になり、ようやく食事を口にした。奥さんが食器を提げて離れを出た後、親っさんが聞きづらそうに尋ねた。

「雪芽ちゃん、そのう、あの晩のことやけど、その男が誰か心当たりはあるんか?」

うつむいていた雪芽はゆっくり顔をあげて、親っさんの顔を見上げた。

「……息子さんの昇基さんです」

「なんでそう思うんか、教えてくれるか」

「ポマードの臭いがしました。それと……」

雪芽は布団の下に手を伸ばし、虎目石のカフスボタンを取り出した。

「これが落ちていました」

昇基が自慢気に見せびらかしていた黄色いカフスボタンだった。配送を終えた昇基は終了時間を待たずに家に戻り、洒落た服に着替えてまだ仕事をしている従業員を尻目に、どこかに出かけることが多々あった。階段の途中で立ち止まり、カフスボタンを見せ付けるように腕を上げてポマード頭を撫でつけた。

「それ綺麗でんなあ。こっからでもよう光って見える」

初老の工員が昇基を見上げて言った。

「ああ、これはな、虎目石いうてな、英語ではタイガーアイいうんや。光に当たると、この石の縞模様が虎の目に見えるところから名づけられた石や。悪いことから身を守り、金運や事業運を導いてくれる石や」

「ほなら坊ちゃんは怖いもんなしでんな」

工員が追従笑いをし、当の昇基は意気揚々と工場を出て行った。昇基の姿が見えなくなると、ケッと唾を吐く者や「親っさんが気の毒や。一人息子があのざまではなあ」とつぶやく者や「この工場もあの息子の代で潰れるわ。わしらも次の仕事捜さんとあかんど」と自嘲気味に話す者がいて、工場の誰もが虎目石のことを知っていた。

親っさんは深い溜息をついて、虎目石を上着のポケットにしまった。雪芽はずっと考えていたことを口にした。

「今まで通りに工場で働かせてください。行くところが無いんです。あの晩のことは……忘れます……」

「……そうか。すまんな。昇基は他の工場に回す。あいつと顔を合わさんでも済むようにする。部屋に鍵もつける。うちも雪芽ちゃんに辞められたら大損や。あんたはもうベテランやからな」

親っさんはそう言って力なく笑った。雪芽はその夜、三日ぶりに住み込み寮に戻った。布団を敷きっぱなしにして飛び出した部屋はきちんと整えられていた。布団には新しいカバーがつけられ、引き戸には鍵が取り付けられていた。雪芽は放心したように卓袱台の前に座った。漢字練習長が目に入った。一から十までの升目が埋まっていた。手付かずの二画、三画に続き、四画の頁を繰った。元の字の横に鉛筆の小さな書き込みを見つけた。げんきのげん。げんきでおれよ。手の字の横にはてがみのて。いつかてがみくれよ。希東が書きこんだものだった。雪芽はその夜、自分に何が起こり、それが何を意味するのかを思い知り、身を震わせて泣き続けた。

　村木医院の離れから戻った雪芽はその後の二日間、ずっと臥せっていた。親っさんにこれからも働かせて下さいと言ったものの気力が湧かず、微熱も続いていた。奥さんや履物工場の同僚が食事を届けに来てくれた。工場内には、風邪をこじらせて肺炎になったが治りつつあると知らされていた。

　五日目になって、ようやく雪芽は工場に出た。出会う顔の誰もが心配そうな顔で雪芽を迎えた。雪芽はもう大丈夫ですからと笑顔を返そうとするのだが、どうしても笑顔がつくれなかった。雪芽は五日ぶりにミシンの前に座り、ミシンを動かした。鈍い振動が足裏から全身に響いてくる。雪芽は十年近くこの履物工場で働いてきた。雑役をしばらくやった後、初めてミシン台の前に座って作業をまかされた日のことは、今も鮮明に覚えている。一日の仕事を終えるとミシンを綺麗に拭き、油をさして、明日の仕事もつつがなくできるように気を配ってきた。懸命に働いて、いつか済州島の両親に親孝行するのだと言い聞かせて働き続けてきた。それが、それが……。雪芽は作業の合間に何度も深呼吸した。何も変わらない、あんなことぐらいでわたしは変わらない、わたしはこれからもミシンを踏んで働いていく、そして両親に親孝行するのだ。ミシンの振動は雪芽の鼓動だった。雪芽専用のミシン台は雪芽の青春そのものだった。

雪芽は懸命に働くことで、思い出したくも無いあの夜のことを忘れようとした。ベテランに位置付けられる雪芽の給料は賃金出来高制で、作業すればするほど給料が増える仕組みになっていた。部屋に帰って眠れば悪夢にうなされた。雪芽は進んで残業することが多くなった。くたくたになって眠れば夢を見ることもないのだった。冬芽と会う機会も減らした。冬芽と会えば希東のことが気になる。漢字練習帳は閉じたままだ。雪芽は冬芽に誘われても、仕事が忙しいと口実をつけて、ただミシンを踏み続けた。

唯一の息抜きは残業を終えて銭湯に行くことだった。深夜の銭湯は客が少なく、湯船につかって四肢を伸ばすと、こわばった体が解きほぐされた。湯船につかって目を閉じる。ああ、母さんにも父さんにもこの心地良さを味わわせてやりたいと思う。済州島では水甕の水をパガジで盥に移し入れ、鳥が水浴びをするようにせわしなく体を洗ったものだった。水を粗末にするんじゃないよ。母さんの口癖だった。ああ、母さんの声が聞きたい。

雪芽はすっかり温まって薄桃色に染まった体を湯船から引き抜き、脱衣所で着替えはじめた。シャツが乳首に触れたときに、かすかな違和感を感じた。こすれて痛い。なんだか乳房が張っているようにも思える。鏡に映して見たが異常はない。気のせいだと思い、湯冷めしては大変だと急いで着替え、銭湯を出た。

翌朝の履物工場に冬物の履物見本が届いた。朝晩は涼しくなったが、昼間はまだ残暑が続くこの時期に、防寒用履物のパーツを手にすると汗が滲み出る。季節を先取りするこの業界は、爪先の開いた甲皮から、爪先をすっぽり覆う甲皮へと一気に切り替わる。暖かさ対策として甲皮の下に毛足の長いボアを重ねて二重仕立てにする。ミシンの縫い子たちは針を変え、糸の太さを変えて調節する。熟練工たちの腕の見せ所でもある。雪芽はこの緊張感が嫌いではなかった。同じ商品の色違い、サイズ違いを何百何千とミシンの振動に身をまかせて縫っていると、眠くなることもある。工夫を凝らして新しい甲皮を縫い上げ、それが箱詰めされて次の工程へとまわされ、一足の完成商品となって手にする時は、かすかな自負と喜びさえ感じた。

雪芽はこれから縫うことになる冬用の甲皮と二重重ねにするボアを手にとって、ミシンの前に座りなおした。針を調節し糸の太さを変えて試し縫いをしてみた。先輩の熟練工からOKが出るまで何度もやり直した。後は振動にまかせて縫うだけだ。最初のぎこちない手の運びも一時間もすれば慣れるだろう。雪芽は少し緊張しながら作業を始めた。ところが一時間もたたないうちに便所に駆け込んだ。数日前から胃もたれがして、きちんとした食事をとっていなかった。賄い食は見るだけで胸焼けがして、自分で素麺を茹でて食べたり、切り売りしてくれる果物屋でスイカを買い、それを食事代わりにした。胃のなかは空っぽに近いのに、吐き気がおさまらない。雪芽は喉の奥に指を入れて吐こうとした。涙と一緒に胃液が出た。水道で口をすすぎ、顔を洗った。

「どうしたんだい、雪芽ちゃん、顔色が悪いよ」同僚の言葉に「大丈夫、大丈夫」と答えてミシン台の前に座ろうとした雪芽は、椅子ごとひっくり返った。太腿を生温かいものが濡らしていく。起き上がろうとしたが体に力が入らない。雪芽の周りに人垣ができた。

「救急車や、救急車呼べ！」怒鳴り声を聞きながら、雪芽は気を失った。

……揺れている。ずっと体が揺れている。水の上に浮かんでいるようだ。体に力が入らない。ただ空を眺めている。空はなんだか白い。体の下を流れる水が時々さざ波となって体を濡らすが、冷たくはない。手も足も伸びきってただ揺れている……。

雪芽は水の上に浮かんだ自分の体が、強い力で引き上げられるのを感じた。握られた掌から色彩が戻ってきたのを感じた。薄く目を開けると、涙をたたえた冬芽の瞳が目の前にあった。冬芽の瞼から大粒の涙がいくつも滴り落ちて、雪芽の頬を濡らした。

「二人で一人だからって母ちゃんが、二人は絶対に手を離すんじゃないよって母ちゃんが言ってたじゃない、なのに、なのに、なんで何も言ってくれなかったのよ」

冬芽の肩越しに病室の前に立っている希東が見えた。担当の女医が病室に入って来た。

「もう大丈夫ですよ。赤ちゃんがお母さんのお腹にしっかりしがみついていますよ。しばらく安静にして過ごして下さいね」

呆然としている雪芽に代わって、冬芽がどうもと頭を下げた。何を言ってるのだろう、赤ちゃん？　お母さん？　わたしのこと？　混乱した雪芽は冬芽を見た。冬芽は何度もうなずき返した。体中の血が足の爪先から流れ出ていくようだった。

……あの水の中に戻りたい。ゆらゆら揺れたまま、どこかに消えてしまいたい。どうしよう。どうすれば……。

冬芽が紙袋から林檎を取り出した。

「美味しそうやろ？　今、剝いてあげるからね」

冬芽が果物ナイフを取りに行った隙に、雪芽は窓辺に近づいた。二階だった。死ぬことはできなくても赤ん坊は流れるだろう。窓の桟に右足をかけて上り、左足を引き上げた。深呼吸して窓から手を放そうとしたとき、太い腕が雪芽を横抱きにしてベッドの上に倒した。

「やめてくれ、雪芽ちゃん、頼むから、やめてくれ」

親っさんが男泣きに泣いた。

その夜、冬芽から話を聞いた時春は親っさんの家に急いだ。雪芽の気持ちを考えると居ても立ってもいられなかった。履物工場に噂は拡がっている。真面目に働いてきた雪芽を悪く言う者はいない。どうやら、親っさんの一人息子である昇基が手を出したらしいと囁かれている。猪飼野の町にその噂が拡がるのは時間の問題だった。玉の輿に乗るか、傷物として生きていくか。

雪芽との最初の出会いを時春は今も覚えている。薄汚れて痩せている双子の少女は固く手を握り合っていた。怯えと警戒が全身から滲み出ていた。済州語で話しかけると、ようやく警戒を解いた。その日からほぼ十年が経った。腫れぼったい瞼の雪芽は涼やかな目元を持つ雪芽となった。言葉も通じない異国の地で、懸命に生きてきた少女の人生を汚されてなるものか。済州島で共に夜学に通った、幼馴染の善姫の忘れ形見である雪芽と冬芽だった。時春は初めて会ったその日から、二人の母親代わりにならねばと心に決めたのだった。

もとより親っさんは雪芽と息子との結婚を望んでいた。息子の悪行で雪芽が不幸になるのを望んではいなかった。噂が広がる前に急遽、簡素な結婚式を挙げることとなった。親っさんの居宅で親っさん夫婦と雪芽の親代わりの時春と冬芽、そして当事者だけの結婚式が執り行われた。居宅に写真屋を呼んで、二人の結婚記念撮影が行われた。急ごしらえの白いチマチョゴリに身を包んだ雪芽は、レースのベールを被らなければ死装束と見まがう空気をまとっていた。冬芽が血の気のない雪芽に頬紅をさし、唇に薄く紅を塗った。それだけのことで普段は地味に見える雪芽の印象が華やいだ。背広姿の昇基は神妙な面持ちだった。

この日、履物工場は残業無しの定刻に仕事を終え、職工全員に二段重ねの折り詰め弁当が配られた。一段目は赤飯、二段目には尾頭付きの鯛や紅白のかまぼこ、牛肉の炒め物などが彩りよく詰められていた。親っさん自ら一人一人に折り詰めを手渡し、若く未熟な二人のこれからを温かく見守って欲しいと言い添えた。職工たちは家に帰って風呂敷を解き、折り詰めをひろげて家族と舌鼓を打ちながら、話題は雪芽と昇基の結婚話に及ぶだろう。職工から家族へ、家族から周りの人々へと二人が結婚した事実が猪飼野の町に数日のうちに拡がるだろう。雪芽が好奇の目にさらされないようにとの親っさんの苦肉の策だった。

二人の新居は平野運河沿いにある長屋の一角に準備された。二間と台所の小さな貸家だったが、畳を入れ替え、漆喰の壁が塗りなおされると見違えるように小奇麗になった。新婚生活に必要なものは親っさん夫婦がすべて準備した。

親っさんの居宅での簡素な結婚式が終わると、時春が雪芽の手を取り、ハイヤーに乗り込んだ。後部座席にはすでに昇基が座っていた。長屋にハイヤーを乗りつけると、近所の人々が花嫁を一目見ようと集まって来た。時春が雪芽の手をとって新居に導き入れた。

奥の部屋に洋椴《ヤンダン》（刺繡を施した絹織物の一種）の朝鮮布団が敷かれ、台所の卓袱台には初夜を迎える二人のために、簡単な酒食が用意されていた。時春は二人を卓袱台の前に座らせ、二人に酒を注いだ。昇基は照れくさそうに一気にあおり、妊娠している雪芽は杯を口につける素振りをした。雪芽の左瞼がかすかに痙攣していた。時春は雪芽の背に手を当てて何度も撫でさすり、新居を後にした。

平野運河の上空に冴え冴えとした月が浮かんでいた。月を仰ぎ見ながら時春は自問する。これで良かったのだろうか。親っさん夫婦と時春とで何度も話し合って出した結論だった。

とりあえずは結婚式を挙げさせよう。二人の相性が良ければ、めでたしだ。雪芽を傷物として世間に放り出すことはできない。自分の娘の希栄が同じ目にあったとしたら、どうしただろう。想像するだけで、身体が震えてくる。怒りで震えてくる。相手の男の一物を二度と使い物にならないように、金槌でぶっ潰してやる。実の娘なら、力づくで乱暴した男と結婚させるだろうか。娘を傷つけない他の方法を考えるのではないか。だが、身寄りのない雪芽にそれ以外にどんな方法があるというのか。母親代わりになろうとした自分の思いは、所詮こんなものだったのか。幼馴染の善姫に心で、ミアネ（ごめんよ）ミアネと詫びつづける。お願いだから、幸せになっておくれ、雪芽や、お願いだから。時春は知らず知らず月に手を合わせていた。

雪芽は顔をあげることができない。目の前にいる昇基に視線をあわせることが、どうしてもできない。親っさんに懇願され、時春に諭されたことを何度も思い返すが、左瞼の痙攣はおさまるどころかひどくなるばかりで、たまらず指で瞼を押さえた。指が濡れた。昇基が雪芽の腕を摑み、奥の寝室に引きずって行った。大輪の牡丹が刺繡された掛け布団をめくり、その上に雪芽の体を突き飛ばした。手荒に雪芽のチョゴリのコルム（結び紐）を解き、一糸まとわぬ姿にした。雪芽は目を固く閉じて体を曲げ、昇基の視線から逃れようとした。昇基は右に向いた雪芽を左に転がし、また右に転がした。雪芽の両手が膨らみ始めた下腹をかばっていた。

「いつまで俺を悪者にするつもりじゃ、けったくそ悪いっ」

昇基が戸を蹴破るようにして出て行った。

雪芽は掛け布団を手繰り寄せて裸の体を覆い、綿をたっぷり使った敷布団に体を沈めた。瞼の痙攣がおさまっていた。洋椴の掛け布団を撫でると、指のささくれが絹地に引っかかった。……ここに父さんがいて母さんがいて冬芽がいてわたしがいて、四人で父さんの話す昔話を聞きたい、あの頃に戻りたい……いつしか雪芽は寝入っていた。尿意を感じて目を覚ました雪芽は柱時計に目をやった。深夜二時を過ぎていた。昇基の姿はない。雪芽は外に出て周囲を見渡し、人気の絶えた路地に目をやって家に戻り、玄関の鍵をかけた。

雪芽は履物工場で働いていたときのように六時には目を覚ました。鍵を開け、朝餉の用意をした。お腹の子が無事に産まれるまでは、感情を殺し、普通の生活をするのだと自分に言い聞かせていた。昼になっても昇基は帰って来なかった。朝餉は雪芽の昼食になった。夕餉の用意をした。日が暮れても昇基は帰ってこなかった。昇基の分を残して雪芽は先に済ませた。夜遅くに昇基が帰って来た。昇基は何も言わずに服を着替えて出て行った。雪芽は鍵をかけた。体が沈むような布団の真ん中に大の字になって眠った。

親っさん夫婦が用意してくれた家財道具の中に、家庭用ミシンがあった。雪芽は小躍りした。使用説明書を繰り返し読んだ。本屋に行って『洋裁の基礎』と『楽しいミシン』の二冊を買い、布地屋に行って端切れを買って来た。昇基の不在がかえってありがたくもあった。舅姑がいつ来てもいいように家は小奇麗に整え、急な来客にそなえて副菜は常に準備しておいた。十歳の頃からずっと働いてきた雪芽にとって、仕事をしないで暮らすのは罪悪感がともなった。家庭用ミシンは親っさんの計らいなのだろう。雪芽は掃除、洗濯、食事の用意以外はミシンの前に座って過ごした。

夫婦としての体裁を整えろと親っさんに言い含められている昇基は、日に一度は必ず家に帰って来た。昇基を見ると雪芽の瞼が痙攣をはじめる。忌々しそうに舌打ちをして、着替え終わると昇基はまた外出する。脱ぎ散らかした服から香水の香りを嗅いだ雪芽は安堵した。昇基が自分に触れることは無いと知って、心から安堵した。昇基の洗濯物を竿に干す。隣近所の目に触れるそうした行為のひとつひとつが、雪芽と産まれてくる子にとって重要な意味を持つのだ。雪芽も夫婦としての体裁を保つために神経を使っていた。

雪芽は産み月よりひと月早く女児を出産した。髪の毛の黒々とした女の子だった。背中の産毛がまだ残っていて、お湯をかけると筆の先で刷いたような模様ができた。産まれたばかりの赤ん坊は皺くちゃで可愛いとは言えなかったが、雪芽の人差し指をしっかり握る五本の指に、言い知れぬ責任と愛おしさを感じた。雪芽の乳房に小さな掌を這わせ、顔を真っ赤にして乳を呑む赤ん坊に、雪芽は伽倻《カヤ》と名付けた。

雪芽と冬芽は大伯父の葬儀に参列するため、父母に連れられて生まれて初めてバスに乗った。二人はバスの窓に顔をくっつけて、外の風景を飽かず眺めた。木立の間から見える海に、二人は歓声をあげ、母に静かにしな、とたしなめられた。四人は海辺の町で降りた。冬芽は母と手をつなぎ、雪芽は父と手をつないでいた。バス停留所の周辺に、小さな商店が立ち並んでいた。雪芽と冬芽は何もかもが珍しく、店先から中を覗きこんでは、そのたびに両親から手を引っ張られた。布地を扱う店の奥から流れる音色に雪芽は足を止めた。

「父ちゃん、あれは何の音?」

「ああ、あれは伽倻琴《カヤグム》の音だよ。細長い楽器でね、ピンと張った糸を右手の親指と人差し指と中指で弾いて、音を出すんだよ」

　雪芽は店の前に立ち止まって耳をすませた。初めて聞く伽倻琴の音色は、村の乾いた川を思い出させた。小雨が岩にあたってはじけ、雨が少しずつ本降りとなって、いつしか大きな流れとなり、音を立てて海に流れ込むさまが目に浮かんだ。

「伽倻琴はね、一人で弾くこともあるけれど、何人もの女の人たちが綺麗なチマチョゴリを着て、まあるく円を描くように座って演奏したりもするんだよ」

「父ちゃん、どうしてそんなことを知ってるの？」

「随分前に、何日も父ちゃんが帰って来ないことがあったろ？　市内の大きな家の改築工事に仕事に行ってて、その家が出来上がったお祝いに伽倻琴を弾く女の人たちが呼ばれたんだよ。チマをふんわりと広げて座り、膝の上に載せた伽倻琴を弾く女の人たちは、お花のように綺麗だったよ」

　雪芽は父の言葉にうっとりとして目をつぶり、店先から流れてくる伽倻琴の音色を聞いていた。

　雪芽は幼い頃にラジオから流れてきたその音色が忘れられなかった。伽倻琴を弾く女性たちのように優雅に育って欲しいと思った。そして伽倻琴を弾けるほどの余裕があればとも願った。音の響きもいい。李伽倻《イカヤ》。

時春と冬芽はかわるがわる家にやって来て、産後の雪芽をいたわった。親っさんは赤ん坊を見るなり相好を崩し、姑は女の子であることに残念さを隠そうとしなかった。昇基は雪芽の出産前後、家に立ち寄ろうとはしなかった。昇基にはかねてより別宅があり、その女が臨月を迎えようとしていた。雪芽は昇基をめぐって争う気など毛頭無かった。ただ伽倻を認知してもらわねばならない。伽倻は高伽倻ではなく、李伽倻でなくてはならない。父無し子として育てるわけにはいかなかった。

昇基の女が男児を出産したと知った雪芽は、これから起こるであろう出来事を想像して、覚悟を決めた。家に寄り付かなくなっていた昇基を待っているだけでは埒があかない。雪芽は伽倻を抱いて、夕飯後をみはからい履物工場の階段を上がった。意を決して玄関の戸を叩こうとしたとき、中から元気な赤ん坊の泣き声が聞こえてきた。なごやかに談笑する親っさん家族の様子が手にとるようにわかった。雪芽は音を忍ばせて階段を降り、家に帰った。

物干し竿に伽倻のおしめを干し終えると、雪芽はぐずっていた伽倻を抱っこした。たちまち機嫌をなおした伽倻は小さな掌で雪芽の髪をつかみ、顔中を撫でて飽くことがないようだった。雪芽は伽倻の頭の匂いを嗅ぐ。乳臭さと日向の匂いが混ざっている。望まぬ妊娠だったが、両腕にすっぽり入る小さな命を抱きしめていると、有難ささえ感じるのだった。

入り口の戸を叩く音がした。伽倻を抱っこしたまま入り口の戸を開けると、親っさんが車を横付けにして立っていた。

「ちょっと時間取れるかな。半日ほどかかる。伽倻ちゃんのおしめの換えもいるわ。どれ、わしが抱っこしとくわ」

親っさんが伽倻を抱き上げてあやしている間に、雪芽は手早く身支度を整えて車に乗った。車はまず写真館に向かった。まず雪芽一人で撮り、次いで雪芽と伽倻とで撮った。現像ができるまでの間、座敷のある食堂に入った。雪芽は座布団の上に伽倻を寝かせた。運ばれてきた茶をすすりながら、親っさんが切り出した。

「もう耳にしてると思うが……」

親っさんが話すまえに雪芽は考えていたことを伝えた。伽倻の認知だけして欲しい、家も明け渡すつもりでいる、他のものはすべて置いていくけれど、ミシンだけは持って行きたい、揉め事をおこすつもりはないと話した。

「うちの息子のせいであんたにえらい苦労をかけることになって、ほんまにすまんと思うてる。飯を食ったら、写真を持って入国管理局に行こう。手はずは整えてある。村木先生やら町内会のおっちゃんとかがあんたの身元保証人になってくれた。真面目に働いてきたあんたのことは誰もが知ってる。あとは簡単な面接だけで在留許可が出る。それが出たら、もうびくびくせんとこの日本で暮らしていける」

親っさんの言葉に雪芽は頭を下げた。

「その次は生野区役所に行って、伽倻ちゃんの出生届けを出しに行こう。ほれ、ちゃんと書類も準備してる」

テーブルの上の出生届には『父　李昇基』と署名されていた。雪芽は頭を下げた。親っさんは背広の内ポケットから茶封筒を出した。

「これは当面の生活費や。これからも何かあったらいつでも相談に来てや。伽倻ちゃんはわしの可愛い孫でもあるんやからな」

雪芽は茶封筒を押し返した。

「もう充分ようしてもらいました。これからは自分の力で暮らしていきます」

テーブルの上の茶封筒は何度も押し返された。

「これぐらいはさしてくれ、あんたに謝っても謝りきれんのや」

親っさんが声を震わせて言った。雪芽は涙をぬぐって受け取った。


犬の鑑札と呼ばれている外国人登録証はただの紙切れだった。これが密航者の生死を分けるのかと思うと、紙一枚の重さをはかりかねて、雪芽は電灯にすかしてもみた。これさえあればもう警官におびえることも無く、息をひそめて暮らすこともないのだ。この日本で伽倻をしっかり育てることができるのだ。雪芽は心のなかで親っさんに手をあわせた。

入り口の戸を乱暴に叩く音がした。姑が立っていた。「上がるで」言うなり、部屋の中に入った。お茶を入れようとした雪芽を「ええから、座り」と制した。姑は一枚の紙を雪芽に突き出した。

「何なんですか、これ、何て書いてあるんですか」

「覚書や」

「覚書て、何なんですか」

「誓約書や。これからこのようにしますという誓いの言葉が書いてある。せやから読んであんたの名前を書いたらええんや」

「わたし、まだ漢字は読めません」

「アイゴ、これにはな、私、高雪芽はこれから李昇基と一切の関わりを持ちません。金銭の要求も一切いたしません、と書いてあるんや。今日、うちの人があんたにお金を渡したやろ。それだけやない、犬の鑑札手に入れるのになんぼ使ったたか。うちの息子のせいであんたに苦労させたんは悪いと思うけど、犬の鑑札手に入ったんやで。ありがたく思うて貰わんと困る。ここや、ここに高雪芽と書いて」

雪芽はまずハングルで名前を書き、漢字で三文字を書いた。

「名前は漢字書けるんやな。ああ、大事なことや。名前の横に判子押して」

「判子持ってません」

姑が舌打ちした。雪芽はミシン台の上の糸切り握り鋏を手に取り、人指し指を突いた。赤い血の玉が浮かび上がった。それを名前の横に押し当てた。

「何をしてるんや、おまえは」

親っさんが血相を変えて、姑が手にしている紙を奪い取った。乾ききっていない血の跡が筋になった。

「一人の息子に二人の嫁はいりませんやん」

「雪芽ちゃんが何をしたというんや、それをおまえは」

「女は子ども産んだら強うなりますねん。これからどう出るか、そないなったら難儀やさかい、先に手を打ってますんや」

　姑は入り口で靴を履きながら、雪芽に言った。

「きつい子や、あんたは。可愛げもなければ愛嬌もない、何考えてるかわからん陰気な顔して。うちの昇基が家に寄りつかんかったんも無理ないわ。どこの馬の骨かわからん娘を嫁に迎え入れて、ええっ、ここまでお膳立てしてやったら、何とか夫婦らしく暮らすんが筋やろがっ。うちの昇基だけが悪いんやない。男引き止めんのが女の甲斐性やっ。うちの昇基を悪者にしくさって、ほんまに昇基も難儀な女に引っかかったもんや」と言い捨てて荒々しく戸を閉めた。

「すまん、皆わしが不甲斐ないからや。わしは婿養子やねん。うちの工場の資金はみな嫁はんの実家から出てるんや。どこよりも早うに工業ミシン入れたおかげで、うちの工場がここまで大きいなったんや。わしに実権はないんや。最後の最後まで、あんたにいやな思いさせてホンマにすまん」

親っさんが肩を落として出て行った。雪芽は台所に行って塩壺を手にした。塩壺のなかに手を入れ、塩を一掴み握ると外にばら撒いた。

怒りで息ができなかった。胸に手を当て、深呼吸を繰り返した。伽倻のむずかる声がした。雪芽は家に戻り、伽倻を抱きあげた。伽倻の髪の匂いを嗅ぐと少しは落ち着いた。……この子はわたしをこの世に引き止めるために、生まれてきたのかもしれない。瞬間でもそう思った自分の情けなさに雪芽は泣いた。こんな小さな赤ん坊にわたしの人生を背負わせるなんて……。涙を拭いながら、雪芽は自分に言い聞かせた。明日から伽倻との二人きりの暮らしが始まる。親っさん家族との縁は切れた。もうあの家族の顔色をうかがう必要は無い。自分のやり方で暮らしていくことができるのだ。わたしは自由だ、自由になったのだ。自由になれたのに、なぜ涙が止まらないのだろう。こうなることは覚悟していた。事を荒立てることなく穏便に済ませようとしていた。それが……。短い間だったが姑にあたるあの女は、父と母を蔑ろにした。父と母を思わない日のない雪芽に、両親を馬の骨呼ばわりしたのだ。口惜しい、許せない、だが何も言い返せなかった自分が情けなかった。何度も涙を拭いながら、雪芽は自分に言い聞かせる。今日だけだ、泣くのは今日だけだ。明日から忙しくなる。新しい暮らしを始めるためにすることが山ほどある。泣いていいる暇はない、今日だけだ、明日からはもう、泣かない。

雪芽は部屋探しから始めた。伽倻をおぶって不動産屋を訪ねた。化粧気のない少女のような雪芽が赤ん坊をおぶって、不動産屋の戸を開けると事務員に怪訝な顔で「何の御用ですか？」と言われた。部屋を探しているのだと言うと、座るように椅子をすすめるでもなく、雪芽の全身を値踏みするように眺め、ご主人は？　お仕事は？　収入は？　などの質問が矢継ぎ早に投げかけられた。雪芽は一言も答えず、そのまま不動産屋を出た。

時春おばさんに相談してみようか、と考えた雪芽はかぶりを振った。希東の耳に入る。冬芽に相談してみようかと思った雪芽はかぶりを振った。希東の耳に入る。幸せなことならまだしも、困っている状況を希東には知られたくなかった。

雪芽はアリラン食堂の休みの日に、冬芽に伽倻を数時間見てもらう手はずをつけた。おそらく冬芽は時春おばさんの家に伽倻を連れて行くだろう。連れて行くなとは言えなかった。二人の間には暗黙の了解があった。当日、雪芽は薄化粧して伽倻を冬芽のもとに連れて行った。

「どうしたん？　お化粧して、見違えるやん！　デート？　それともお見合い？」

冬芽のあけすけな物言いが雪芽の勘にさわった。

「そんなことしか言われへんのん！　うちが今、どんな状況か知りもせんで」

「何を怒ってるのん。事情を話してくれたら力になるやん。あんたはほんまに冗談も通じんのやから」

冬芽は憮然として突っ立っている雪芽の腕から伽倻を抱きあげ、おしめの換えと哺乳瓶が入った袋を手に取った。

「伽倻ちゃん、機嫌の悪いオンマはほっといて、イモ（母の姉妹、叔母を指す）と遊ぼうね。ほら、オンマにバイバイ、バイバイ」そう言うと、雪芽の言葉を待たずに部屋の扉をバタンと閉めた。雪芽はしばらく冬芽の部屋の扉を睨んで立っていたが、踵を返して不動産屋に向かった。

「お嬢さんがお借りになるんで？　一人暮らしされるんですか？」

好奇に満ちた眼差しを向けてくる不動産屋の案内で、公園近くにあるアパートに向かった。木造二階建ての古いアパートだったが、廊下や共同トイレなどは隅々まで掃除が行き届いていた。黒光りのする廊下の両側に部屋が立ち並んでいた。借り手は勤め人や学生が多いとのことだった。平日の午後のアパートは物音ひとつせず、静まりかえっていた。

「いかがですか？　公園は近いし、市場も近くにあるし、便利ですよ。で、お仕事は何を?」

雪芽は廊下の真ん中に立って、扉の数を数えていた。部屋数が多すぎる。瞬時の隙をついて体を横抱きにされ、部屋の中に投げ出される幻影がよぎった。伽倻も例外ではない、餌食にされる可能性がある。想像が現実になる恐怖で体がこわばった。女は女というだけで、えらい目にあうんだよ。雪芽と冬芽を密航船に乗せる前に、母が口癖のようにつぶやいていた言葉が蘇る。雪芽は不動産屋にすみません、と頭を下げてアパートを出た。

雪芽は公園のベンチに腰掛け、今しがた後にした木造アパートを眺めた。二階の窓ガラスに陽射しが反射し、アパートは大きな眼を持つ生き物のように思えた。雪芽はベンチから立ち上がって公園から走り出た。

信号を渡ると、朝鮮市場の裏通りに出た。入り組んだ路地の軒下で、狭いスペースを効率よく活かしながら、小商いをする店が立ち並んでいた。法事に供えるイシモチが網の上で干され、プラスティックの大きな樽にはキムチ用の白菜が塩漬けされ、ワラビはもどされて笊に盛られて売られていた。済州島の五日市のようだと雪芽は思った。朝鮮市場の本通りは店も扱っている品数も多く、いつも多くの人で賑わっていて、ここは本当に大阪なのか、話に聞くソウルの南大門市場に迷い込んだんじゃないかと錯覚するほどだったが、この裏通りのさびれ加減が雪芽にはなつかしく思えた。小さな食堂からにんにくを効かした鯖の辛煮の匂いがただよってきて、雪芽は思わず唾をのみこんだ。その隣に不動産屋があった。雪芽は迷わず戸を開けた。

「オソ　オセヨ（いらっしゃいませ）！」大きな声に迎えられて、雪芽はたじろぎ、思わず笑った。顔の色艶が良く、恰幅のいい男は縁起物の布袋さんに似ていた。同じ国の人間であり、男のにこやかな顔に心がほぐれた雪芽は自分の事情を話した。ほなら、と男が向かった先は、同じ路地にある乾物屋の二階だった。細い廊下を挟んで二つの部屋があった。

「こっちは一人暮らしのおばさんが住んでる。縫製工場で紳士服のマトメを長年してる。気のええおばさんや。女どうしやから、赤ん坊のことも気が楽違うかな」

雪芽は窓を開けた。朝鮮市場の裏通りに面した路地は、済州島の町なかのようだった。一ヶ月分の家賃を聞き、一日いくらになるのか、頭の中で計算した。思案している雪芽に男は言った。

「あ、そやそや。もう一軒、行ってみよか。ここから歩いて五分ほどや」

男は朝鮮市場の裏通りから本通りを抜け、平野運河に沿って歩いて行った。雪芽は男の後ろについて歩いた。男は川沿いにある大きな二階家の前で立ち止まった。男が入り口の戸を開けると、中から数人の女の声がした。シャッチョさん、シャッチョさんや。オソオセヨ、シャッチョさん。男はここでは社長さんと呼ばれていた。二階家全体が同胞村《トンポトンネ》だった。

廊下をはさんだ各部屋の戸が開け放たれ、そこから年配の女たちが顔を出していた。男の後ろに立っている雪芽を見ると「幾つだい？」「故郷《コヒャン》はどこだい？」「二階の奥の部屋が空いてるよ」と次々に声をかけた。廊下から各部屋の暮らしぶりが一目で見て取れた。部屋の隅の畳まれた布団、釘に引っ掛けられた服。家具らしいものはほとんど無く、小さな卓袱台がすべてだった。かつての履物工場の住み込み寮のようだと雪芽は思った。似た境遇の女たちは、一階の台所で一緒に煮炊きをし、分け合って食べ、仕事の無い日は花札をしたり、話に興じてすごす。部屋の戸が閉められるのは夜だけだった。

伽倻を連れて行ったら、婆様たちは大喜びするだろうなと雪芽は思った。婆様たちに順繰りに抱きあげられ、頬ずりされ、伽倻のしぐさひとつひとつに笑い声があがるさまが目に浮かぶ。家賃も安い。だが、雪芽があの中で暮らすには若すぎた。伽倻の子守りをする代わりに、婆様たちは雪芽の人生に良かれと思って割り込んでくるだろう。伽倻を婆様たちに預けて、働きに出ることは可能だろうが、その代償に思い出したくもない過去が蒸し返され、詮索されるだろう。二十歳をすぎたばかりの雪芽が、数人の姑につかえるのは無理だった。「いつでもおいでや」「近くに来たら寄りやあ」入り口で靴を履いている雪芽に婆様たちが声をかける。雪芽は無理に笑顔をつくって、外に出た。

男が外で煙草を吸っていた。雪芽を見ると、煙草を揉み消し、雪芽に向きなおって言った。

「あんたなあ、いや、あんたと言うのは失礼か。うーん、娘さんでもなし、お嬢さんでもなし……」

「あんたで結構です。かまいません」

「あんたなあ、よくよく見ると、別嬪さんやで。言われたことないか」

雪芽はかぶりを振った。

「あんたはその年で赤ん坊がおる。訳ありの人生やろ。うちの息子が今里でコリアンキャバレーを経営してる。身体を売るのと違うで。健全な大人の社交場や。綺麗なチマチョゴリ着て、ビール注いで、おっさんの話に相槌打つだけの仕事や。わし、今、あんたが髪を結い上げて、淡い空色のチマチョゴリ着た姿を想像してみた。あんたは派手さはないけど、かえってそのおとなしめの感じが人気呼ぶと思う。どや、息子の店で働く気はないか。風呂、トイレ付きの完全個室の部屋提供するし、衣装もこっち持ちや。晩の数時間、赤ん坊を誰かに預ける算段だけしたら、あんたは充分に稼げる。どや、古風な顔した別嬪さん、今すぐ返事くれとはいわん。ちょっと考えてみてくれへんかな」

男は雪芽に名刺を渡した。雪芽は名刺を受け取ると踵をかえし、男と反対方向に歩き出した。駆け出したい衝動に駆られたが、必死で平静をよそおった。安っぽい女にみられたという怒りと、初めて容貌を褒められた戸惑いとが交差した。雪芽は近くの路地に入り男の視界から姿を消すと、息を整えた。男の言葉を何度も反芻する。髪を結い上げ、空色のチマチョゴリを着た自分の姿を想像し、酔客にビールを注ぐさまを思い浮かべる。男の掌が雪芽の掌を包む。雪芽はその手を振りほどき、男を突き飛ばすだろう。そこまで想像して、この仕事は自分には無理だと思った。

男から手渡された名刺を握りつぶそうとした雪芽に、冬芽の顔が横切った。アリラン食堂の看板娘。日雇い仕事で日銭を手にした酔客のきわどい冗談をさらりとかわし、料理をテーブルに並べる冬芽の尻に手を伸ばす輩には、にっこり笑ってその手をひねる。いきりたつのではなく、やんわりと男をなだめる冬芽の頰に浮かぶえくぼ。客あしらいのうまさにはアリラン食堂のおばさんも一目置いていて、手間暇かかる食堂よりも、いっそ飲み屋に新装開店したほうが儲かるのでは、と思わせるほどだった。

そう、冬芽なら難なくできる。向いているともいえる。綺麗に着飾って酔客の間を蝶のように飛びかう冬芽。けれど冬芽はしないだろう。この仕事を選ばないだろう。希東が嫌がることは決してしない冬芽を雪芽は知っていた。


冬芽は軋む階段を下りる雪芽の足音に耳をすませていた。その足音が遠ざかると、伽倻を抱きあげて時春おばさんの家に向かった。途中でパン屋に入り、時春おばさんと希栄に餡パンを買い、希東と自分にはメロンパンを買った。甘い匂いがただよう紙袋に小さな手を伸ばす伽倻をあやしながら歩いていると、通りすがりの人たちが一様に優しい笑顔を向けてきた。「まあ、若いお母さん!」「可愛いねえ、赤ちゃん、何ヶ月?」言葉は冬芽にかけられ、伽倻にかけられた。そのたびに冬芽は笑顔を返した。

「サンチュン、わたし、伽倻のオンマに間違われちゃった!」

戸を開けるなり、ミシンを踏む時春の背中にそう声をかけて、冬芽は時春の家にあがりこんだ。

「ああ、オソ　ワヨ(いらっしゃい)。伽倻ちゃん、アンニョン。冬芽だけかい、雪芽はどうしたんだい？」

入り口に目をやる時春に、冬芽は言った。

「雪芽は何か大事な用事があるらしく、お化粧してね、お出かけ。わたしは伽椰の子守り」

「雪芽がお化粧を？」

怪訝な顔をする時春に、冬芽は意味ありげにうなずいた。希栄が鉄工所から帰って来た。伽椰を見ると、大急ぎで手を洗って抱きあげた。

「ああ、この柔らかさ、ぷにゅぷにゅ。生き返るわあ。毎日、鉄の臭い嗅いでると、気持ちが沈むよ。鉄って血の臭いと似てるやん。毎日、生理みたいな気になる。おっちゃんたちがネジやワイヤーを台車で運ぶとき、カチャカチャ音がするんやけど、あの音が神経に障るんやわ。人に難癖つける小言に聞こえる。工場は薄暗いし、鉄の粉が舞ってるし。わたしは帳簿つけたり、伝票切ったりする仕事やけど、若い娘があんなとこで働くのはようないと思う。この若さが勿体ないわ。あたしが錆ついていくわ。今月の給料貰ったら、他の仕事探すつもり」

「他の仕事って、どんな仕事だい？　あてはあるのかい？　家でぶらぶらするのは許さないよ」

「電信柱に『急募　若く明るい女性求む　要相談』て貼ってあったよ。電話番号控えておいたから電話して聞いてみるつもり」

「それ水商売やよ。ホステスの募集やで」

「水商売なんて、絶対に許さないよ。身を持ち崩して不幸になった女を何人も知ってるよ。電話番号書いた紙を出して、このオンマの前で破り捨てな」

「話を聞くだけやん、どんな条件か。それがなんでアカンのん」

「興味を持った時点でアカンのや。危ない場所に近づこうとしてるんや。それを止めるのは母親の仕事や。ええか、許さんで」

時春の剣幕にふくれっ面をしたまま、希栄は台所に立って牛乳を温め始めた。砂糖を入れてかき回し、インスタントコーヒーを入れた。三つのカップにそれを注ぎ「口うるさいお姉さま方のお口にあいますか、どうか。さあ、パンと一緒にどうぞ」と差し出した。

入り口の戸が開いた。大学から希東が帰ってきた。希栄と冬芽が「お帰り！」と声を揃えた。希東は伽倻が座布団の上に寝かせられているのを見ると、部屋を見渡し、入り口を振り返った。

「雪芽はおらへんよ。用事でお出かけ」冬芽の声にうなずくでもなく、希東は自分の部屋に入った。冬芽がメロンパンの入った紙袋を持って、引き戸を開けた。

「これ好きやろ、メロンパン」

「お。着替えるんや、戸、閉めろ」

冬芽は後ろ手で戸を閉めた。

「何してるんや、出て行け」

「十歳の頃から一緒に育った仲やん。恥ずかしがらんでも」

戸の向こうで時春と希栄が聞き耳を立てていた。それを知っている希東は声をひそめて言った。

「アホ、出て行け」冬芽も声をひそめて応酬した。

「アホ言うもんがアホですう、アーホ」冬芽は口を尖らせたまま、希東に近づいた。後ずさりする希東に冬芽が囁いた。

「あたし、希東やったら、ええよ、何されても」

何食わぬ顔して部屋から出て来た冬芽は、寝入っている伽倻を抱き上げて帰り仕度をした。

「今度来るときは雪芽も一緒にね。久しぶりにうちで晩御飯を一緒に食べよ。七輪でホルモン焼こか」

「ええなあ、ホルモン。久しぶりやわ、ホルモン」

「明日でもあさってでも、早いうちに来てね。あたしも早よ食べたい」希栄が唇をなめながら言った。

希東がこの家にいる限り、雪芽がここに来ることは無い。それを時春にも希東にも気づかれてはならない。希東の視線はいつも自分を飛び越えて雪芽にそそがれる。七輪の上でもうもうと煙をあげて焼けるホルモンはあきらめるしかない。ホルモンはあきらめることができても、希東はあきらめられない。今日、希東に囁いた言葉に、希東がどうでるか。

「もっと遊んでいったらええのにい」と名残惜しそうな希栄に見送られ、冬芽は伽倻を抱いて外に出た。

次の夜、冬芽がアリラン食堂の店仕舞いをしていると、ガラス戸の向こうを行きつ戻りつする希東の姿が目に入った。冬芽は希東に目で二階の自分の部屋を指し示した。階段を上がり、部屋の戸を開けると希東が突っ立っていた。

「どうしたん?」冬芽の声が震えをおびた。

「ずっと気になってたんや。どうしても確かめたいことがあって……。昨日のヌナの言葉に勇気が出たんや。目ぇつぶってくれるか」

冬芽は目を閉じ、心持ち唇を突き出した。

「いや、そうやのうて口角をあげてくれるか？　ニコッと笑ってみてくれるか？」

薄目を開けた冬芽が見たのは、指の先に黒ごまをつけて、えくぼに入れようとする希東だった。

「え、何？　何するのん！」

「いや、えくぼの深さがどれだけあるのか知りたかったんや。黒ごまは約三ミリや。測ってきた」

「アホちゃうの？　他にすることあるやろっ。ヘンタイ、これから希東のことヘンタイって呼ぶからっ」

「ヘンタイでも何でもええから、勇気出して来たんや。ちゃんと測らしてくれや」

冬芽は渋々目を閉じ、口角をあげた。冬芽の頬に希東の手が触れ、えくぼに黒ごまが差し入れられた。

「すっぽり入った。深さが三ミリ以上あるんや。へぇえ。けど正確な深さを知るためには他のもんで測らんと。そうや、紙でこよりをつくって細かい目盛りをつけたらええんや」

「ヘンタイ希東、明日の晩、またおいで。明日は左のえくぼを測らしたげる」

朝鮮市場の裏通りの物件に未練はあったが、あきらめるしかないなと雪芽は思った。あの部屋を借りるにはもう一度、あの不動産屋に行く必要がある。あの男の口車に乗せられそうで、それが雪芽を思いとどまらせた。古風な別嬪さん。おとなしそうに見えるあんたのほうが人気を呼ぶ。あんたは稼げる。男に言われた言葉が何度も頭のなかをめぐる。風呂トイレ付の完全個室提供。住まいと仕事が一度に解決する。後は夜の数時間、伽倻をどうするか、だ。雪芽は慌てて頭を振った。男の口車に乗せられそうになった自分を戒めた。明日にでもまた別の不動産屋をあたろう。

「雪芽ちゃん、雪芽ちゃんだろ」

うつむいて歩いていた雪芽は、急に腕をつかまれて驚いた。履物工場の住み込み寮の賄いをしているおばさんだった。

「久しぶりだねえ、垢抜けて綺麗になったから最初は気付かなかったよ。立ち話もなんだからちょっとうちに寄っていきなよ。そこだから」

ためらう雪芽の腕をつかんで、おばさんは自分の家に連れて行った。十歳の頃から、このおばさんがつくってくれた食事で育った雪芽だった。

「あたしだけだからね、気兼ねはいらないよ」

ハモニカ長屋の真ん中におばさんの家があった。

「一人息子が結婚して家を出て行ってねえ、昔は手狭だったのに、今は一人でもてあましているんだよ」

おばさんの入れてくれた番茶を飲みながら、雪芽は家のなかを見渡した。台所と二間の古い家だが、掃除が隅々まで行き届いていた。ガスコンロの上の薬缶に夕陽が反射していた。職工たちの食事をつくり、後片付けをし、合間にキムチをつけるおばさんの手際の良さを雪芽は知っている。おばさんの腕は太い。腰周りも太い。調理場の向こうから、おばさんが雪芽の口にあうかと、心配げに見守ってくれたそのまなざしを雪芽は覚えている。

「噂は聞いてるよ」とおばさんが言った。

「赤ん坊は元気にしてるかい」とおばさんが聞いた。

雪芽の抑えていた感情が堰をきった。身を震わせて泣きじゃくる雪芽をおばさんは太い腕で抱きしめ、雪芽の背を太い指で撫でさすった。ひとしきり泣いて顔をあげた雪芽におばさんは言った。

「うちにおいで」

五章

風に散る

済州島に帰って来た雪芽《ソラ》の服装は代わり映えがしなかった。天候によって羽織る上着が厚くなるか、薄手のものに変わるかの違いしかなかった。背にはいつもリュックサックを背負っていた。身軽な旅行者のようでもあり、山歩きを楽しむ登山者のようでもあった。リュックの中には、いつも同じものが入っていた。日本語の『新個人旅行　韓国』と韓国語の『マップ＋済州島』の二冊だ。十歳まで済州島で暮らした雪芽だったが、まるきり済州島について何も知らなかった。バスに乗ったことは二度だけあった。海辺で暮らしていた大伯父の葬儀の行き帰りに、初めて乗った。知っているのは中山間地帯にある生まれ育った茅葺きの家と、村周辺と、雨が降らない限り水を湛《たた》えない乾いた川だけだった。

雪芽は済州島に帰ろうと決意してから、書店で韓国のガイドブックを買い求め、済州島の項を繰りかえし読んだ。済州島に着いて、まず最初に買ったのはこの『マップ＋済州島』だった。土地勘すらない雪芽だった。済州島の地図を広げ、まず自分が暮らした村を探すことから始めた。全体地図では見つけることができず、六分轄された細密画のような地図を指でなぞりながら、ようやく自分の村を探し当てた。時折、バスに乗って、食料の買出しに行く東門市場の近くに『観徳亭《クァンドッチョン》』があるのを知ったときは、鼓動が早まった。

ガイドブックには「島内最古の木造建築で、李朝時代に兵士の訓練場として建てられ、現在は島民の待ち合わせの場所として利用されている」と書かれていたが、そこは済州島人民遊撃隊司令官李徳九《イドック》の遺体が磔にされた場所でもあった。雪芽はそれを李徳九の甥である在日本済州四・三事件犠牲者遺族会会長の康実《カンシル》から、つぶさに聞いたことがあるのだった。

一九三八年に猪飼野の朝鮮市場で生まれた康遺族会会長は母方の家族――長男の李鎬《イホ》九《グ》、次男の佐九《チャグ》、長女である母の泰順《テスン》、末っ子の徳九《トック》と共に育った。解放前に長男と次男が朝鮮市場で「李兄弟商会」という店を開き、その店の利益を独立資金調達や祖国光復活動のために役立てていた。母の泰順は店の事務や会計をまかされており、父親は鉄工所で働いていた。

……一九四三年に鎬九おじさんが病気になり済州島に家族をあげて引き上げた。徳九さんは立命館大学の経済学部に通ってて、うちの家から大学に通うたんや。大学生の徳九さんは月謝出してもろうて飯くらうばかりやから、わしの子守せなならん。母は兄弟商会で仕事せなならん。母が、徳九や、この子の守りしといてや、はい、と。揺りかごを足で揺すりながら本読んでる。わしが転げ落ちてるのにも気付かんと本読んでる。母にしてみたら一人息子のわしも可愛い、弟の徳九さんも可愛い、よう怒らんかったそうや。

一九四三年後半に徳九さんが学徒動員や。西淀川区の姫島の駅前に見送る人が千人くらい集まったな、日本人が。半島人の大学生が戦地に行くというので。軍隊の休暇で帰って来たら、わしと一緒に寝るねん。ただ徳九さんと一緒に寝たらおならの臭いと煙草の臭いとで、わし死にそうやった。

四四年になると、アメリカの爆撃がひどくなって、わしらは北の元山《ウォンサン》に疎開した。四五年八月十五日、終戦です。元山にはゴム工場がようけありました。朝鮮人の履くコムシンの工場。そのあたりで遊んでたら、解放されたいうて、太極旗持って皆が万歳やってんねん。元山から貨物列車でソウルに行くのに一週間かかりました。釜山でしばらく暮らし、故郷の金寧《キムニョン》里に戻ったんは四六年の冬やった。わしは国民学校二年生でした。

四七年三月一日、運動場を一周して気勢をあげて、朝天《チョチョン》国民学校まで行った。ワッシヤ、ワッシヤ言うて。そこから八〇〇メートルほど行ったら警察支署があるんやけど、何のお咎めもなしや。その頃はまだアカもクロもシロもなかった。人民委員会はあったけど、まだはっきりと線引きの無い時代やった。

それから一ヶ月たった頃、佐九、徳九、二人のおじさんが逮捕された。徳九さんは朝天中学院の教師で生徒たちにえらい人気があったが、左翼的傾向が強いという理由で。佐九さんは南労党左翼分子ということで。母が金を工面して、警察に賄賂を渡し、二人は釈放された。その後も徳九さんは先生を続け、佐九さんは本格的に南労党の全羅南道済州支部の総務部長として活動し、資金集めに奔走した。佐九叔父さんは四八年九月に北に行き、朝鮮労働党に援助を乞うたが冷遇され、資金調達のために再び日本に向かったんや。金石《キムソク》範《ポム》さんの小説『火山島』に出てくる南労党の総務部長、佐九さんがモデルや。佐九さんは故郷に戻ることなく、一九九四年に日本で生涯を終えました。

　徳九さんが山に上がるようになったきっかけは、徳九さんの生徒が拷問でやられたからです。朝天警察支署でね。それまでは南労党、いうても点点点やったのが少しずつ線になりつつあった時分のことです。それまでは左翼運動の団員でもなんでもなかった。徳九さんはこの時、二十八歳。農業学校からも来い、こっちにも来いと非常に人気があった。小学校に入る前にかかった天然痘のせいで顔があばただらけやったけど、えらい人気があった。うちの母親の背中で大きくなった。

　徳九さんが中学生の頃の話や。父が徳九さんにおまえはコンボ（あばた）やから結婚できん。義兄さん、どうしたらいいんですか。うちの親父と徳九さんはものすごく仲がいい。母は親父に洗濯石鹼と軽石持たせて、徳九さんと銭湯に行かせた。帰ってきた徳九さんの顔からは血が滲んでたそうや。親父が軽石であばた面をごしごしこすったらしい。

本には徳九さんは警察で殴られて耳が悪くなった、と書かれてるけど違うねん。片目と耳が悪いのは天然痘の後遺症やねん。何度も生死の境をさまよったらしい。後の人は耳の鼓膜が破れたんは拷問によるものやと書いてるけど、違うねん。後世の人らはなんでも美化したがるようやな。おまけにラムネの瓶底みたいな眼鏡かけとった。徳九さんは姿勢がものすごく良かった。日本の軍隊で鍛えてるからね、後ろ姿は最高やった。

雪芽に語る康遺族会会長の話は、自分一人だけで聞いているのが勿体無いように思えるほどの内容に満ちていた。手元に資料があるわけではない。メモを繰って語るのではない。人名、地名、当時の状況、それらを詳細に饒舌に語り続けた。酒を飲めない康遺族会会長はコーヒーをお代わりし、水もお代わりし、煙草を吸っては消し、また火を点けながら、よどみなく話し続けた。二時間が過ぎ、三時間が過ぎても話し続ける康遺族会会長に雪芽は思わず言った。

「あのう、長居しすぎのように思えるのですけど……」

「かまへん、かまへん、わしは毎年このホテルで関西済州道民協会の新年会やら忘年会を開き、跆拳道協会の集まりとかでもしょっちゅう使うてる。わしは上得意客やから気にせんでもええ」

康遺族会会長の言葉に、雪芽は浮かしかけた腰を下ろし、深く座りなおした。

大阪で四・三慰霊祭が行われるようになったのを知った雪芽は、冬芽を誘った。冬芽は朝鮮学校のバザーの準備があるから忙しくて無理だと断った。次の年も冬芽は断った。

「慰霊祭の会場はうちらが住んでる生野区やから、自転車で行って来れるやないの。ほんの数時間のことやない。何がそんなに忙しいの？」雪芽は理由を問いただした。

「主催が総連（在日本朝鮮人総連合会の略）でないから」と答えた冬芽はあわてて前言を取り消して、言葉を続けた。

「慰霊祭の日には心で手を合わせてるよ。南無阿弥陀仏、観世音菩薩いうて……。けど、希東はこの地域の朝鮮学校校長を長いことやってきたやん。わたしは一応その妻やし。希東が行くな、と言うてるんやないよ。わたしが行ってくるわ、言うたら僕の分まで手を合わせてきてくれ、て言うよ。けど目立つ場所に行くと話に尾ひれがつくのがこの町やん。

察して、雪芽」と言った。

　雪芽は以後、冬芽を誘わなくなった。父と母の生死を知りたい、父と母が生きた当時の済州島はどういう状況だったのか、済州島四・三事件とは何だったのか、それを知りたいという思いが年をとればとるほど強くなっていき、大阪遺族会主催の勉強会などにもこまめに顔を出すようになった。

　雪芽は『済州島四・三事件の遺族として語る』と題した康遺族会会長の話をその時に聞いた。

「朝は討伐隊、晩は武装隊。村人にしたら虎も恐ろしく、熊も恐ろしかったという状況でしたんや」

　当時の命にかかわる深刻な状況を、大阪弁で身振り手振りを交えて話す康遺族会会長の話し振りにかすかな違和感を覚えた。けれど、壇上で話す康遺族会会長の話をもっと聞きたい、個人的に会えばさらに詳しい話を聞けるのではないかと迷いに迷った挙句、後日、意を決して康遺族会会長に電話を入れた。

「済州島の老衡《ノヒョン》から来て、その後ずっと日本で暮らしている者です。会長には慰霊祭などで何度もお目にかかっています。いつか、お時間がありましたらじっくりと済州島のお話をお聞きしたいと思っているのですが……」

沈黙が流れた。雪芽はぶしつけだったかと身を固くした。

「ああ、ああ、やっとこんな電話をくれる人があらわれたんや」と雪芽の電話を喜んでくれ、会うことを快諾してくれたのだった。

どちらかといえばいかつい風貌に、済州特別自治道跆拳道協会会長の肩書きを持つだけあって、がっちりした体軀に、ダブルのスーツを着込んだ康遺族会会長は実業家としても成功しており、暗黒街の顔役といった雰囲気があって、個人的には近づきにくく思えた。が、何度も会って話を聞くうちに、雪芽は康遺族会会長のなかに済州四・三当時のいたいけな少年が生き続けているのをしばしば感じた。

雪芽は集会で聞いた康遺族会会長の語り口に、かすかな違和感を感じたことを正直に伝えた。

「あれはなあ、あんな場所で真面目に四・三の話したら、わし、泣いてまうやん。せやからあんなふうに話したんや」と康遺族会会長は答えた。ああ、おそらく、そうだろう。康遺族会会長と何度も会ってその人となりを知った雪芽はそうだったのだと納得したのだった。

……一九四八年十二月半ばに、警察がわしらを捕まえに来た。庭に集められた。警官にうちの母がわしら兄妹を指差して「あの子らは助けてください」と。わしらはオモン（母さんの済州語）、オモンと泣き叫ぶ。母は「すぐに帰ってくる、帰ってくるから」となだめる。小隊長が母がおんぶしていた二歳の順徳をわしらに渡そうとしたが、母は「この子を年端もいかん子らに預けたら、あの子もこの子も死んでしまう、この子はわたしが連れて行きます……」と。

徳九さんの家族を朝天支署に連れて行き、観徳亭の前の一区署に移し、沙羅峰近くのビョルト峰で夕暮れ時に銃殺しました。李徳九に三回目の降伏勧告を行ったが無駄だとわかって、そうしたんやろう。母の一族は二十三人が射殺された。その遺体の確認や。亡くなって数ヶ月もしたら、遺体は半分に縮んでる。手とか歯とか服なんかで身元確認するんやが、ようわからん。母と佐九さんの奥さんはすぐにわかった。どっちも二歳の子どもが横におったから。父は二人の遺体を見比べて、どっちがどっちや、困ったなあと頭を抱えとった。父が佐九さんの奥さんは金歯を入れてたのを思い出した。母は歯並びが綺麗やった。それで確認したんや。わしらが母の遺体確認に行ったのは、銃殺されてから七、八ヶ月経った頃や。肉はほとんど残ってなかった。服も雨や血や湿気なんかで半分くらいしか残ってなかった。それを綺麗に清めて、布で遺体をくるんだ……。

雪芽は一流ホテルのコーヒーショップで、康遺族会会長の話を聞いていた。仕立ての良いダブルのスーツの胸ポケットにはネクタイと同じ色合いのハンカチーフが覗いていた。天井が高く、客席を広くとってあるとはいえ、七十を越えた男が人目もはばからず、身を震わせて嗚咽した。ひとしきり泣いた後、康遺族会会長は煙草に火をつけ、紫煙をくゆらせてから、再び話を続けた。

……一九四九年六月七日のことです。四、五人の警官が真夜中に戸を叩きよった。父が出て行った。「子ども連れて来い」と。父はああ今日が祭祀の日になるんやなあと覚悟したらしい、死ぬ日だと。父は「この子どもらに何の罪があるんですか。おじさんのためにオモニを失ったこの子らに何の罪があるんですか」と食ってかかりよった。ところが「李徳九の遺体が見つかったが、それが李徳九に間違いがないかどうか確認して欲しい」と。一区署に皆で行きました。一年前に会った徳九さんの顔、わしが忘れますかいな！

白い布をかぶせて寝かせられてた。そこには咸炳善《ハムピョンソン》連隊長、警察署長、陸軍大佐、憲兵隊長らがずらっとおった。白い布をとって「李徳九に間違いないか?」「間違いありません」。父が咸炳善連隊長に「徳九とは義兄弟でした。蠟燭たてて果物を供えてやりたい」と。咸炳善連隊長、この人は徳九さんと同じ学徒兵で年も同じやった。この人は敵将に対する礼儀をきちんとわきまえた人やった。

「ああ、そうしてやりなさい。この人はパルチザンのすべての罪を背負って逝ったのだから」と。

普通の場合はそんなこと、できん。

朝の十時頃に観徳亭に徳九おじさんが磔にされた。上着のポケットから匙がのぞいてた。その時は見せしめでそうしてるんかと思ったけど、大分、後になって聞いた話ではそれは暗号やったと。要するに皆が済州サラム（人）や。皆がカルチュンイ（柿渋で染めた済州島の野良着）着て、警察も変装してるから誰が誰かわからん、敵か味方か。靴で見分けがつくこともあるけど、死んだ討伐隊の靴履いてるパルチザンもおるし。それで暗号が必要やった。真の同志か、偽者か。匙が身分証明書みたいなもんや。

わしと友達は一日中、観徳亭の周囲を行ったり来たりした。梅雨時で、朝から曇り空でポツンポツンとね、蒸し暑くて。……一人も怒ってる人はおらなんだ。あのパルゲンイ、よう死んだとか言う人はおらん。皆、沈鬱な顔して、頭下げて礼して通り過ぎる。

……夕方の五時六時になると死体が腐敗してくるねん。馬、牛、犬の死体の臭いを一としたら、人間の臭いは五倍から十倍するねん。それは実際に嗅いだ人間やないとわからん。朝から昼過ぎまではそうでもなかったんやけど、三時過ぎるともうその臭いで……。

日本の軍服着て、きれいな顔や。かけてた眼鏡は飛んでしもうて無くなってた。衛生上、悪いということで地面に下ろして、そこから一キロほど行った五賢壇の裏にナンスガクというところがあるねん。雨が降ったら川になるけど、雨降らんかったらただの乾いた川や。山地川まで繋がってる海に続く川や。その土手で遺体をガソリンかけて燃やした警官が、うちの家に寄って、その場所をそっと教えてくれた。今からでも行って骨だけでも拾って、いつか平和な時がきたら墓でもつくってやりなさい、そう言うてくれた。警官でもいい人もおれば悪い人もおる。どこの世界でもそうや。父とわしがすぐに行こうとしたけど雨が降り出した。夜も更けてたし、仕方が無い。次の朝早くに骨入れる壺用意して、そこに向かった。昨日の雨でそこは川になってた。全部、何もかも太平洋に流れて行ってしもうてた。父が、アイゴオ、おまえはほんまに綺麗に逝ってしもうたなあ、と……。

……一九四九年の四月から民保団、警察、軍隊の合同討伐隊が組織された。漢拏山《ハルラサン》を包囲して、山狩りや。李徳九部隊はわざと山の下の部落におった。皆が漢拏山のジャングルみたいなところを捜索するから裏をかいたわけや。奉蓋《ポンゲ》いうたら、また隠れる所が多いねん。そこにアジトをつくった。済州市方面に行くには近いねん。奉蓋から東南に向けて済州市に行くルートをつくった。そこには情報も詳しく入った。しばらくすると食料の補給がほとんど絶たれた。副司令官がアジトを抜け出て、自分の畑に行ってえんどう豆を食べているところを村人に目撃され、それを警察に密告された。畑の石垣を二つ越えたところで銃殺された。副司令官の死は伏せられた。それが一ヶ月前や。それからは食べ物が無いのを必死でしのいでいた。

六月の初めに財政部長が、村人が疎開して誰もいない村に食料を調達しに行った。何も無い。大きな家に行ったところ、甕にマッコリがなみなみと入っていた。空腹と寝不足の体でそれを呑んで、酔いつぶれて寝入ってしもうたんや。そこを警察討伐隊に見つかった。アイゴ、今日が俺の命日かと覚悟したらしい。この人は懐の大きな人でした。背が高く、金持ちの息子で、喧嘩も強く、面白い男やった。彼の父親がうちの父親と親しかったから、わしも可愛がってもろうた。この人が捕まったんや。

最初は俺は一等兵やと嘘をついたんやけど、とりあえず署に連れて行かれた。その時に鉢合わせしたんが、新村出身の金というパルチザンの初期組織部長や。途中で寝返って、この人は生き残った。彼のせいで新村の人たちがたくさん殺された。自分の義兄が警官やったから、自分も寝返って警官になった男や。彼は日本には来れんのや。彼のせいで家族が殺された人らが日本に多いから、来たらどうなるか……。

彼は右翼の代表として何かの本で「パルゲンイは嫌いだが、李徳九は好きだった」と書いとったわ。彼は徳九さんと幼馴染で同年齢で漢拏山に上がって、一緒にパルチザンやった仲やったんや。人間というのはいくら意思を強固に持ったつもりでも、命惜しさに敵側に寝返ることもあるということや。その彼と警察本部で顔を合わせたわけや。パルチザン財政部長と初期の組織部長や。最高幹部がそこでばったり会ったわけや。ああ、もう駄目だと覚悟したらしい。連隊長やら警察幹部の居並ぶ席で、李徳九の居場所を教えたら命は助けてやる、と交換条件を出されたらしい。一晩、苦しんだ挙句に李徳九部隊の居場所を教えた。一区署警察部隊がアジトに向かったが陸軍には連絡せんかった。互いに縄張りがあって、警察が手柄を立てようとした。手柄を上げたら、李承晩《イスンマン》に賞賛され、その見返りも当然あるわけやから。

そのアジトを包囲して、最初の一〇分間ぐらいは銃撃戦になったらしい。そのうち静かになり、警察側が一方的に撃っても何の反応もない。一時間ほど様子を見てアジトに踏みこんだところ、李徳九だけが倒れていた。部隊の二十数名を撤退させて、李徳九は自殺した。磔にされた写真見てもわかるように、こめかみに銃弾が一発、きれいな顔のままやった。戦闘でやられたんやったら、そんなわけにいかん。同志を助けるために徳九さんは自ら命を絶った。わしらが徳九さんの遺体を確認した二日後、自分が李徳九を射殺したと嘘をついた十八歳の警官は、二階級特進や。べらぼうな賞金も出た。警察は李徳九が自殺したことをひた隠しにしとった……。

李徳九部隊の後日談や。徳九さんが自殺した後、二十数名が撤退した。その総責任者は李順雨《イスヌ》、鎬九《ホグ》さんの息子や。九月中旬頃、部隊が包囲された。順雨さんが右足を負傷した。それで皆が手をあげて降伏した。うちの家が酒精工場に行く通り道にあった。うちの家を左に進むと農業学校に出る。酒精工場に五十人ほどのパルチザンが収容されてた。その一行がうちの前を通る。順雨叔父さんは歩けないから先頭で肩を貸してもらってた。わしにとってはおじさんや。駆け寄ろうとしたらおじさんが目で知らん顔をしろ、と言うた。通りに村の人たちが李徳九の最後の部隊が通ると集まって来る。父は家の前に立って、目で挨拶しておった。その一週間後に処刑された。

一九四九年十月二日のことや。今の済州国際空港のあたりで銃殺された。最後の晩餐に牛肉に白米が出された。若い奴らはこれで助かったと思ってかっこんだ。皆が食べ終わった頃、弱冠二十九歳の順雨おじさんは「これは最後の晩餐だ。ここまできてジタバタしないでおこう。助けてくれと命乞いはするまい。我らは悪いことをしたのではない、堂々と胸を張って逝こう」と言った後、当局に「十数名は真のパルチザンである。自分を含めて覚悟はしているが、その他の者は自分たちの宣伝や無理強いによってついて来た人たちである。どうかその人たちは助けてやって下さい」と頼んだ。それで助かった人が何人かおる。命拾いした人たちはその後に軍隊に入隊した。死体は道頭峰《トドゥボン》の麓、済州国際空港の下にそのままや。その死体の上を飛行機が飛び立ち、降り立ってる。

当時の一般民衆はどうやったんか。日帝時代の警官、面書記、特務課の刑事なんかは解放直後にボコボコにやられたんや。それが三・一後（一九四七年三月一日、三・一節記念行事に集まった群衆に警察が発砲、六名が死亡した。翌年の四・三の導火線となる）にまた政府に雇われたんや。西北青年会が入ってくる前や。それにコレラが流行ったんや。おまけに凶作が重なり、日本からは続々と同胞が帰ってくる。食べ物は足らん、職場はない。八〇パーセントの人々は不平不満をかこってた。済州サラムの性格は、今まで植民地にされとった民やから、高麗時代から官に対しては信じてなかった。

……四・三事件が起こって三ケ月くらいの時や。徳九さんが一個小隊引き連れて新村里にやって来たんや。うちの母と祖母が久しぶりに山から下りて来たから、鶏をつぶしてもてなしたんや。九歳のわしは徳九さんの横から離れんわけや。母がそんだけ引っついてたら、せっかくの鶏が喉にとおらん、言うて。わしは徳九さんがこの世で一番えらいと思うてた。鍬や鋤、それを鍛冶屋に持って行って溶かし、中国人が使うような幅のある刀を作るねん。漢拏山はジャングルやから、その刀を使って分け入り進むんや。その刀を家で研ぐんや。そのための水を汲んでくるのがわしの役目やった。わしもパルゲンイや。国民学校三年のわしにとって、人民のために闘う、それがどんだけ心に響いたことか。

雪芽は旧市内の中心部にある観徳亭の前にたたずむ。観光バスが数台止まっている。観光客が観徳亭をバックにして写真を撮っている。雪芽は壁が無く、四方が開かれている観徳亭の前に立って、李徳九の遺体が磔にされている写真を思い浮かべる。磔にされた彼を悼むかのように、子どもから大人まで大勢の人々が押し寄せている写真だ。少年の康遺族会会長が人ごみの間を行きつ戻りつしている様を思い浮かべる。康遺族会会長の人目をはばからぬ嗚咽がよみがえる。

……日本で四・三遺族会がつくられたのは一九九八年四・三五〇周年記念事業のときで、その時から遺族会会長を引き受けました。会員は九〇名ほどです。四・三事件を体験した人間は国家を信じません。慰霊祭に参加はしても、遺族としての申告はしない人が多い。また大統領が変わったらどうなるかわからんから、と。当時の恐怖感がまだ残ってるんですよ。命がなんぼあっても足らんというような。

総連（在日本朝鮮人総連合会）の人たちはほとんど加入していません。当時、四・三は総連で禁句になってた。それが朝鮮学校に通わしている李佐九さんの子どもらを利用して北は徳九さんの墓碑をつくった。ある日、総連の人たちが北に建てられたその写真を持って来て、わしに寄付出せと言うので、わし、食べるものにも事欠いてます、言うて断った。ひとつ間違ったら、わしが韓国に行った時にえらい目に会う。

その年に済州島に行ったら、ある男に密告されました。韓国大学総学生会連合の後援のために韓国に七億の財産を持って来た奴だ、と。中央情報部で厳しい取調べを受けました。無実が立証されて晴れて自由の身になりました。

……済州島では「パルゲンイ」と言われ、釜山では「済州島の糞豚《トンテェジ》（石垣の中で豚を飼い、その一部を高くして便所とし、人間の排泄物を豚に処理させて飼育していたことから、済州人を蔑むときに使われた言葉）と言われ、日本では「チョーセンジン」と蔑まれました。がむしゃらに働いて奴らに復讐してやる、と金を儲けました。金を前にすると誰しもが頭を下げる。しかし、金よりもやっぱり自尊心です。

四・三は思想とか理念とかどうのこうの言う以前に、済州島に生まれて三八《サムパル》タラジ（北から三八度線を越えて南下して来た右翼テロ団体の西北青年会を指す）その他に苛め抜かれて、それに闘いを挑んだわけであって、それを後の人らが冒険主義やとかそういうレッテル貼ったりするが、人民のために命を賭けた革命家たち、その意志を伝えたい。済州島は伝説と神話が織り交ざった平和の島やったんです。あまりに民百姓を苛めたから、わしも青年やったら、そうしたと思う。抵抗のひとつもできんかったら、済州島の男は金玉切って、カラスにくれてやれっ。

四・三平和公園に向かうバスが来るまでには、まだ四〇分ほど待たねばならなかった。

雪芽はベンチに腰掛けながら行きかう人々を眺めていた。秋晴れの穏やかな日だった。暦は冬に近づいているのに、ここ数日は風もなく、日向に出ると汗ばむほどの日差しが降り注ぐ春のようなうららかな日々が続いていた。小さな庭に降り積もった柿の木の落ち葉を掃き集めながら、雪芽は思い立ってバスに乗ったのだった。

四月三日の済州四・三慰霊祭を雪芽は思い出す。朝方まで降り続いた雨は、無料のシャトルバスに乗って慰霊祭会場に着く頃には止んだが、四月とは思えない冷えこみだった。風も強く、会場周辺に設置された村の名が記されたテントはすべて横倒しになっており、参列者が座る椅子も倒れて転がっていた。雪芽が生まれ故郷の済州島に帰郷して、初めて参席する慰霊祭だった。カメラのシャッターを押そうにも手がかじかんで思うようにならない。広大な敷地の芝生は前夜から降り続いた雨でぬかるんでいた。雨雲が空を覆い、強風に吹きちぎられるように飛んでいく。時折、小雨がぱらついた。

半透明の雨具を羽織った男たちが、参列者たちに雨具を手渡していた。雪芽も貰い、薄手のコートの上に羽織った。三千名を超える参列者全員に雨具が配られていた。機敏な対応に雪芽は感動を覚えた。人工池のある慰霊塔を過ぎ、慰霊祭の行われる広場をめざして続々と人々が石の階段を上ってくる。色とりどりの傘に見え隠れしながら、雨具を手渡している男の姿が目に入った。ひときわ小柄な男だった。男のフードが強風にあおられ、顔が剥き出しになった。男の眉にある大きなほくろが目に入った。潤浩《ユノ》!? 雪芽は人ごみにまぎれ遠巻きにしながら、男を凝視した。潤浩だった。

小雨は次第に勢いを増し、本降りになった。会場は傘の花で埋まった。雨のなかで慰霊祭は粛々とすすんだ。黙禱時、参列者は一斉に傘を下ろして立ち上がり、頭を垂れて黙禱した。雨具のフードを雨粒が叩いた。雪芽は雨に打たれてけぶる線香の香りに包まれながら、参列者と共に白菊を献花した。涙が頬をつたった。

慰霊祭が終わり、参列者はシャトルバスが止まっている駐車場へと歩いて行った。雪芽は立ち止まり、背伸びをして潤浩を探したが、傘にさえぎられて見つけることはできなかった。落胆とともに、心から湧きあがってくる喜びを覚えた。ああ、生きていたんだ、あの小豆粥の潤浩が生きていた……。

市外バスターミナルから乗った大勢の乗客は、四・三平和公園に着く頃には雪芽一人になっていた。広大な公園は芝生や樹木の手入れをしている年配の女性たち以外に人影はなかった。人工池周辺のススキが銀色に輝き、かすかな風に揺れていた。

雪芽は四・三平和祈念館に立ち寄った。慰霊祭では時間もなく、遠くからできあがったばかりの青い建物を眺めるだけだった。常設展示室には先生に引率された中学生たちが、学芸員の説明に聞き入っていた。六つの展示館で四・三事件の歴史が非常にわかりやすく丁寧に紹介されており、雪芽は食い入るように見て回った。『燃える島――焦土化と虐殺』の第四館で、米軍政首脳部の趙炳玉《チョビョンオッ》警務部長の名を見つけたとき、不意に康遺族会会長の声が蘇った。

……一九四八年の五・一〇単独選挙拒否（朝鮮半島が永久に南北に分断されることを容認するこの選挙は、南半部で実施された二〇〇ヶ所の選挙区のうち、済州道の二選挙区が投票数未達によって無効となった）の後、本土から続々と警察特殊部隊やら西北青年会員らを送り込んできた。警察署長も済州島民をはずして本土の人間にすげ替えた。それが趙炳玉や、こいつは殺されるべき人間や。生きとったら、このわしが……。この男が済州サラムをパルゲンイや糞豚やと皆殺しにしたんや。なんでそんなことができるんや……。子どもは垢だらけや、着たきり雀や。凶年になったら牛馬の飼料食うとる。人間以下の生活や。米軍が見たら、人間扱いせんわな。それが米軍に異議申し立てる。調べてみたらインテリが多い。教育水準も高い。これはわしの仮説や。見せしめ、パルゲンイになったらこうなるぞ、と。八〇%

以上の済州島民は、ただ統一した祖国で暮らしたい、ただそれだけや。それをこの趙炳玉は強硬鎮圧方針一辺倒で、討伐に次ぐ討伐や。済州サラム（人）でこいつの名を聞いて、震えない奴はおらん。

唇を震わせ、激昂した康遺族会会長の頬を涙がつたう。

四・三当時、十歳の少年だった康遺族会会長のその後の六十年を越える歳月は、幾度となく四・三を反芻し、検証するその連続だったのだと雪芽は思う。

雪芽は済州島に向かう数日前に、康遺族会会長に短い手紙を書き送った。

「康実遺族会会長へ

お元気でいらっしゃいますか。

過日は長時間にわたり、貴重なお話を聞かせていただいて、本当にありがとうございました。

私一人で聞いているのがもったいないようなお話でした。日本では知りえない済州島四・三事件のお話に、生死のわからない両親の姿を重ね合わせながら聞いていました。私の事情を会長にも少し話しましたが、いろいろ考えた結果、晩年を済州島で暮らすことにしました。一人娘も結婚して、可愛い二人の孫にも恵まれました。母親としての最低限の義務は果たせたと思っています。

これからはずっと心に引っかかっていた、それは両親の生死にかかわることなのですが、それを追求して生きていくつもりです。

済州島の四・三関連の行事でひょっこりお目にかかることがあるかもしれません。どうぞ、いつまでもお元気でいてください。


高雪芽拝」


返信は無かったが、ああ、おお、そうか、そうかと、うなずきながら手紙を読む康遺族会会長の姿が想像できた。

慰霊塔を取り囲むようにして、各村の犠牲者たちの名が刻まれていた。雪芽は老衡里《ノヒョンリ》の刻名碑をひとつひとつ読んでいく。父の名は無く、母の名も無かった。十歳で済州島を離れた雪芽にとって、村人たちは誰も彼もが「サンチュン（男女共に親しい大人をこう呼ぶ）」だった。刻名碑に刻まれた死者たちの名から誰かを思い出そうにもできなかった。どこの村よりも大きい老衡里の刻名碑から立ち去ろうとしたとき、朴源洙という名が目に入った。小豆粥の潤浩の姓は確か朴だった。偶然に手にした分厚い警察文書を一枚一枚、震えながら繰った日のことを思い出した。檀紀四二八一年―一九四八年の死者の記録に銃殺と記されていた。遺家族の欄には潤浩11　長男　玄末伊73　祖母　生活状況　困難とあった。潤浩の名を発見したので食い入るように見つめ、記憶に残っていたのだった。

雪芽は空を仰いだ。晴れ渡った秋空にカラスの群れが模様を描くように飛翔していた。雪芽は慰霊祭が行われた広場を進み、位牌奉安所に向かった。正面入口で線香を手向け、深々と一礼して、中に進み入った。雪芽は円を描くように造られた奉安室の中央に立った。空調の音以外に何の物音もしない。自分の息の音が聞こえる。雪芽一人だった。首をめぐらせて奉安所を見渡す。老衡里と記された前に立ち、父の名を捜し、母の名を捜す。二人の名は無かった。おびただしい死者の名は黒い位牌に白く刻まれていた。一万四二三一名の死者の名が白い煙となって滲み出し、天上に向かうような錯覚にとらわれた。その時、島中の椿が一斉に落花する幻聴を雪芽は聞いた。

その夜、雪芽は大阪に暮らしている一人娘の伽倻にパソコンからメールを送った。

愛する私の娘　伽倻へ
元気に暮らしていますか？

孫二人も元気でしょうか？

夫婦仲良く暮らしていますか？

私が傍におれば、こんなことを聞く必要もないのでしょうが……。

私は今日、済州四・三平和公園に行って来ました。慰霊祭の行われた四月と違って、広い公園には私だけでした。秋空は澄み渡り、カラスの群れが縦横に飛び回っていました。黒いカラスたちが一枚の布のようになり、帯のように細くなって飛んでいるさまを見ていると、何だか一万四二三一名の死者が祀られているこの平和公園を黒いリボンで包もうとしているように思えました。

私の両親の名は見つけられませんでした。

刻名碑にも位牌奉安所にも行方不明者の三五七八ある墓標にも見つけられませんでした。気落ちして、ベンチに腰掛けているときにふと思うことがありました。申告者がいなかったからではないのか、と。両親には私と双子の冬芽がいました。父はずっと行方知れずで、母が私たち二人を日本に逃れさせました。けれど父にも母にも親兄弟がいたはずです。そこをたどっていけば父と母の生死がわかるはずではないか、と。ただ名前が思い出せません。誰も彼もをサンチュンと呼んでいたので……。けど、昔住んでいた村役場に行けば何とかなりそうな気がするのです。

何だか心が晴れ晴れとしてきました。心のどこかでは山奥でひっそりと暮らしているのではないかという希望が残ってはいるけれど、あれからもう六十年です。生きていれば父も母も九十をこえています。この六十年の間に何の音沙汰も無いことを考えれば、やはり四・三の狂風に巻き込まれたと考えるのが妥当かもしれません。

けれど確かめたい……。あやふやなままでは私が生きていけないのです。おまえたちの反対を押し切って、ここに来たのもそれが理由です。もしも、考えたくはないけれど、両親がもうこの世の人間でないとしたら、父と母の墓標の前に供物を並べて親不孝を詫び、ただただ心ゆくまで泣きたいと、思うのはそれだけです。

今日は一筋の光をみいだしました。

さっき、外に出て空を見上げたら真ん丸いお月様が出ていました。伽倻が赤ん坊だった頃のような真ん丸いお月様……。

みんな、元気でいてね。

母より。

済州島で暮らす母からのメールを受信した伽倻は、二階のベランダに出て夜空を仰いだ。満月が浮かんでいた。月の雫が降り注いで、家々の屋根がしっとり濡れているように見えた。

六章　風光る

鎮痛剤が効いているのか、ベッドに横になって眠っている希東《フィドン》の表情は安らかだった。無精ひげに白髪が混じっていた。壁に掛けられたハンガーから、胃に栄養剤を入れる透明のチューブが垂れ下がっていた。それさえ視界に入らなければ、穏やかな秋の昼下がりにうたた寝をする幸せな男に見えた。一年近く闘病しているにもかかわらず、やつれてはいなかった。髪には櫛目が入れられ、掛け布団から清潔な寝間着がのぞいていた。

雪芽《ソラ》はベッドの横に立ったまま、希東の顔を眺めていた。希東が眠っているから眺めることができた。十歳の頃に初めて出会い、その後の六十年を身近に暮らしながら、雪芽は希東と目を合わせたことがなかった。視線を感じるとうつむいてしまい、声をかけられると身を硬くした。かたくなだったのではなく、どうしていいかわからなかったのだ。雪芽は冬芽《トンア》の屈託の無さが羨ましかった。同じ親から産まれて、どうしてこうも性格が違うのだろうと口惜しかった。もう少し時間をかけたなら、冬芽のように希東と接することができたかもしれない。そうしたら、人生は違っていただろうか。けれど、あのことが起こった。あのことさえ起こらなかったら、希東を看病していたのはわたしかもしれない……。何度となく自問してきたことを眠っている希東の前で繰り返す自分の愚かしさに、雪芽は瞼を濡らした。

明後日、雪芽は日本を発ち、済州島に向かう。これが最後の別れになるかもしれない。希東が漢字練習長に書いてくれた「げんきのげん。げんきでおれよ」。その言葉が支えだった。希東の手を握って、元気でいてね、と言いたいのにそれができない。目を合わせることさえできなかったのに、手をとることなんてできない。冬芽はこの希東をずっと独り占めにしてきたのだった。雪芽は冬芽に対するかすかな、しかし確かな嫉妬を思い知って、自らを恥じた。

希東が寝返りをうち、目をあけた。ベッドの横に立っている雪芽に気付いた。不思議なものを見るように雪芽を見つめた。雪芽の胸が早鐘を打った。雪芽はどぎまぎしながらも、希東の視線を受け止めた。既に癌が脳に転移し、声すら出せなくなっていた希東は雪芽を見つめながら、ゆっくりと大きく瞬きをしてうなずいた。雪芽もしっかりうなずきかえした。

「さあ、日本での最後の晩餐の用意ができたよ。こっちに来て」

台所から冬芽の朗らかな声がした。

テーブルの上にコンロが置かれ、浅い鍋に彩りよく盛り付けられたすき焼きが、すぐ食べられる状態で煮えていた。

「これを二人で食べるのは勿体ないねえ」

「いつ会えるかわからないから、お肉、張り込んだよ、ふふ」

二人は溶き卵に牛肉をくぐらせてほおばった。

「やっぱりええ牛肉は違うねえ、口のなかで溶けるわ。高いだけの値打ちがあるねえ。ありがとう、冬芽、最後にええもん食べさせてくれて」

「うちがこんな状態でなかったら、わたしも数日ぐらいは一緒できるのに。何もかも雪芽一人にまかせるみたいで堪忍ね」

「わたしがそうしたいから、そうするんやん。冬芽は希東さんを大事にしたげて」

「……癌は体のどこにできても厄介やけど、なんで食道にできたんかなあ。食べることができないって、どんだけ苦痛やろうか、生きる力を奪われるってことやん。せめて好きなものを食べさせてやりたいと思うけど、それもでけへんねん……」

胸がつまって思わず箸をおいた雪芽に冬芽は言った。

「介護する人間が元気でないと共倒れになるやん。わたしは戸を閉めて換気扇まわして、食べたいものをしっかり食べてるよ。その後は口すすいで介護してるけど。おまけに希東は愛情に敏感やから、いつも笑顔で無いと子どもみたいに拗ねるんよ。あ、この煮詰まった汁、ご飯にかけて食べるとおいしいよ」
冬芽は立ち上がり、二人の茶碗に炊きたての熱い飯をよそった。

昨夜の雨が夜中に雪に変わったようだった。庭の隅に植えたチシャ菜が雪をかぶって凍えていた。雪芽は、外葉をほとんど食べつくし小さくなったチシャ菜を根っこから引き抜き、雪を落とした。肉を包むには小さすぎるが、サラダにはできる。秋の初めに五日市で苗を買って植えたチシャ菜は、水だけでよく育った。次の苗を植えるのは来年の春になるだろう。雪芽は今年の食べおさめとなるチシャ菜を笊に入れた。昼前に太陽が顔を出すと、見る間に雪が溶けはじめ、屋根の雨樋を伝う雪どけの音がした。道の端に雪は残っていたが、冬とは思えぬほど陽射しが暖かかった。ここ数日のどんよりとした空が一気に晴れ上がり、春を迎えたかのようだった。雪芽は心弾む思いで厚手の上着を羽織って、久しぶりの散策に出た。

雪芽はいつもの散策路ではなく、山に向かう西側の道に向かった。久しぶりの晴れ間に、こんなに心が躍るものかと不思議だった。蜜柑畑を過ぎ、鶏を放し飼いにしている農家を過ぎ、水の無い川を渡ると、人家が途切れる。ゆるやかな山道をゆっくり登って行くといくつもの家族墓地が現れる。それも門があり、石垣に守られ、童子石（墳墓の石像として二基一組が互いに向き合うように立てられる）が配置された堂々とした家族墓地だ。家族墓地というよりも一族の墓所なのだろう。ここは風水に照らして、墓所に適した土地なのだろうか。最初にこの道を歩いたとき、雪芽は広大な墓地に入り、墓碑銘を一つ一つ確かめたものだった。両親がこんな立派な墓地に祀られているとしたら、六十年の間に何らかの連絡があっただろうと気づいて、以後はやめた。

　額がうっすら汗ばんでいる。雪芽は上着のボタンをはずして風を入れ、深呼吸して振り返った。遥か遠くに海が見える。高層住宅が見える。穫り入れの終わっていない蜜柑畑の蜜柑が、冬の陽を浴びて輝いている。

　トラックの音が近づいてきた。雪芽は未舗装の狭い道路に身を寄せ、トラックが通り過ぎるのを待った。トラックは前方の雪芽に気づき、減速して上ってきたが、道の窪みの泥水を撥ね上げた。運転席から男が顔を出し、謝るでもなく雪芽を一瞥した。男の眉に大きなほくろがあった。潤浩《ユノ》!?　荷台には収穫した蜜柑を入れる黄色いプラスティックの籠が幾つも積み重ねられていた。雪芽は遠ざかるトラックを眺めながら、いつかきっと、潤浩に会えるだろうと確信した。

山道を進めば進むほど道は細くなり、立派な墓所の数が多くなった。前方に道を塞ぐようにオルムが姿を現した。雪芽は大きく深呼吸した。この広い空間を独り占めにしている喜びと、この広い空間にたった一人でいることの怖れが交差した。

オルムの上空の空が翳りはじめていた。不意に何の気配も無く、雪芽の横を男が通り過ぎた。継ぎをあてた野良着に風呂敷包みを背負い、素足に黒いコムシンを履いた男が通り過ぎた。足音も立てずに急ぎ足で山に向かっていた。オルムに近づいた男の姿が、風景に溶けるようにかき消えた。男を目で追っていた雪芽の目から涙があふれた。アッパ（父さん）……。

あの日、下の村が軍警討伐隊によって火をつけられたのを見て、雪芽たちは床下に掘っておいた穴倉に避難した。夜になるのを待って恐る恐る顔を出すと、家は半分焼け落ちていた。焼け跡を手早く片付けた父と母は、雪芽と冬芽の寝場所を作った。大丈夫だ、と父さんが何度も言った。明け方に何かが割れる音がした。何度もした。母さんが目を吊り上げて、割れた甕を地面に叩きつけていた。父さんはいなかった。その日から父さんの姿を見ない。

雪芽はオルムから向き直り、山道を下りはじめた。済州島の天候はめまぐるしく変わる。陽が翳りはじめると、風が尖ってきた。剝き出しの頰が冷たい。遠くに見える海の色が灰色に変わっていた。突如、石垣の向こうで犬が吠えた。伸び上がり、立ち上がり、犬小屋に繫がれている紐を振りちぎるかのように、今にも雪芽に飛びかかる勢いだった。

「コラッ、いい加減にしろ」

低い男の声がした。棒立ちになっている雪芽と男の目があった。男の右眉に大きなほくろがあった。

「いや、どうも、びっくりされたでしょう。車は通ってもこの辺りを歩く人はおりませんのでね。うちの犬もびっくりしたみたいで……」

自分の顔を食い入るように見つめる雪芽にたじろいだ男は、軽く会釈すると家の中に戻ろうとした。

「もしや、もしかして、潤浩《ユノ》さん、朴潤浩《パクユノ》さんでは？」

男が振り返った。

「もう随分昔のことで、覚えてらっしゃるかどうか……、六十年ほど前、隣村に暮らしていた双子の雪芽です」

男の視線が雪芽の口元に注がれた。思わず雪芽はうつむいた。

「えくぼのある冬芽は日本の大阪で暮らしています。わたしだけが故郷の済州島に戻って来たんです……」

雪芽は家の中に招き入れられた。

中庭で蜜柑の選別作業をしていた女性が雪芽を見て、身を強張らせた。潤浩が近づき、女性の背を撫でながら「大丈夫だ、大丈夫だから」と声をかけた。

「妻の明花《ミョンファ》だ。あの時の後遺症が六十年たっても残っている。見知らぬ人が訪ねてきたり、大きな物音がすると、息をするのも忘れて身を硬くする……」

防寒帽をかぶった女性が顔をあげて雪芽に会釈した。丸顔に丸い目の還暦を越えてはいるが、どこか少女の面影を残した女性だった。潤浩が三つのマグカップに砂糖とミルクがたっぷり入ったインスタントコーヒーを入れ、庭の隅の石油ストーブにかけた薬缶から熱い湯を注いだ。三人は収穫した蜜柑を入れる籠を逆さにして椅子の代わりにし、石油ストーブを囲んだ。

「初めて出会ったとき、妻は六歳の小さな女の子だった……」

「この人は十一歳の男の子だった……」

「俺がこんな体だから、同い年ぐらいに思っただろ？」

「もう、また、そんなことを。そのことさえ口にしなきゃ、あの日から今までずっと頼りがいのある人なのに」

「すまん、けどなあ、俺がこんな中途半端な体だったから、生き残れたんだよ。うちの村も隣村も、まともな男たちはみんな殺された。若いというだけで、男だというだけで。こうして長生きできたのは、この体のおかげかもしれんと思うんだよ。子どもの頃はよくからかわれて悔しい思いをして、こんな体に生んだ親を恨みもしたけれど……。俺をからかった奴らはどうなった？　二十歳を迎えることもなく皆が殺されたよ……。

あの日は寒い日だった。口を固く閉じていても歯が鳴った。明け方に運動場に集められた村人は選別され、俺の父さんもトラックに載せられて、それっきりだ。残された村人たちは怒り、悲しみ、地団駄踏んだが、どうにもできなかった。家に戻ろうと村の近くまで行くと、村全体が炎に包まれていた。俺の手をつないでいた祖母ちゃんが、俺の手を振りほどいて家の中に入った。俺は狂ったように泣き叫んだ。やがて顔中煤だらけになった祖母ちゃんが、小さな甕を抱えて家の中から出てきたんだ。地べたにへたりこんで泣いている俺の手をとって、祖母ちゃんは言った。大丈夫だよ、これさえあれば大丈夫だ、と」

「その甕の中には何が入っていたんですか？」

「炒った豆」

「え？」

「炒った豆だよ。明け方に学校の運動場に集合させられ、父親を連れて行かれて泣き続けている俺を見て、このままだと気がふれると思ったらしい。何か口に入れて泣きやませ、落ち着かそうと思ったらしい。炒った豆ならすぐに食べられるからね」

「でも、そのために焼け死ぬかもしれないのに？」

「そんな祖母ちゃんなんだよ。俺を母親代わりに育ててくれた祖母ちゃんは」

「その婆様が、畑の畦道で座り込んでたわたしを拾って助けてくれたんですよ」

「燃えさかる家の前で、どうにもできないで泣き叫んでるときに、遠くのほうから警察のジープが何台もこちらに向かってくるのが見えたんだ。警察は自分たちを守ってくれるどころか、殺しにかかる存在だと知った俺たち村人は、とりあえず身を隠す場所をめざして逃げた。祖母ちゃんは右手で甕を抱き、左手で俺の手を握って近くの雑木林に向かって走った。誰も彼も必死だった。その時、畦道で座り込んだまま動こうとしない明花を見かけたんだ。祖母ちゃんも俺もそのまま行き過ぎた。他の村人も行き過ぎた。振り返ったけど、明花はその場に座り込んだままだった。祖母ちゃんが俺に甕を手渡し、今来た道を戻って明花を抱きかかえて戻って来た。三人、茂みのなかで息を殺して夜まで耐えた。タン、タン、タン、逃げ遅れた村人を銃殺する音が絶え間なく聞こえてきた……」

「あの日……」と言うなり、明花が声をつまらせた。

潤浩が明花の背を優しく撫でた。

「あの日、便所に入っていると、庭先でタン、タタンと銃声がして、びっくりして窓から外を見たら、父さんや母さんたちが倒れているのが見えて……。怖くて便所の隅で震えていたら、銃を持った軍人が戸を開けてわたしを見つけたんだよ。わたしはただ震えているだけだった。軍人はこう言ったんだ。声を出すな、じっとしていろ。そして外に出て行った。何の物音もしなくなってから、やっと外に出たわたしは庭で死んでいる父さん、母さん、そして弟を見たんだよ。弟は母さんに抱かれたまま死んでいた。やっとつかまり立ちができるようになったのに……」

「明花は何日も口がきけなかった。祖母ちゃんと俺は、生まれつき口がきけないんじゃないかと思ったぐらいだよ。俺が生まれつき背が低いように……。軍人に言われた言葉が幼い明花にこびりついていたんだな。声を出すな、その一言が……」

「六つのわたしには何が起こったのか、理解できませんでした。ただ恐ろしくて、ただただその場から逃げたくて……。外に出て走り出したものの畦道でへたり込んでしまって……。多分、わたしの魂が抜け出てしまったのでしょう。婆様がわたしを抱き上げてくれなかったら、わたしは今こうしていないでしょう。ずっと後に、生き残った人たちから話を聞きました。うちの村は青年たちが意気盛んで、兄もその一人だったようです。村を襲う西北青年会や討伐隊を阻止しようと、電柱を倒して電線を切ったり、山の人たちに同調する青年もいたそうです。けど、それが家族皆殺しに値いする罪でしょうか……」

「支署の奴らは頭数を揃えるのに必死だった。村ごとに割り当てられていたんだよ、死体の数が。奴らは動くものを見ると見境なく銃をぶっ放し、それでも頭数が足りないと連行して集団虐殺したんだ。俺の親父もそうして殺された……」

「四・三平和公園に祀られている犠牲者の中に両親の名も刻まれています。呉尚勳《オサンフン》、これは父の名です。その次に呉尚勳の子（1）と刻まれていました。弟には名前があったんです。世大《セデ》という名前が……。けど、あの頃は隣村に行くにも通行証が必要で、戸籍にまだ載せられていなかったんでしょう。父も母も殺され、弟の名を呼んでやるのはわたししかいません。世大、世大……。

「世大、世大、妻男《チョナム》（妻の兄弟を指す語）世大……」

潤浩の低い声が続いた。

雪芽が立ち上がって沖を眺めると、灰色の空と海が合わさったあたりに、漁火が一つ二つ灯っていった。

「雨や雪にならない限り、しばらくはここで作業してるから、散歩がてら又来なよ」

「また来てくださいね、雪芽さん」

「次来るときは、わたしも何か手伝わせてね」

トラックで送るという申し出を断って、雪芽は上って来た道を下って行った。沖合いに漁火の数が少しずつ増えていった。

雪芽は家に戻ると、伽倻が船便で送ってくれた卓上ミシンを点検した。変圧機もある。明日は東門市場に出かけて中綿の入った布地を買おう。潤浩と明花の首を暖かくする襟巻きを縫おう。ノートを取り出し、デザインを書いた。長方形に縫い、首もとで交差するデザインだ。大きな紐通しをつけ、アクセントに二人の名前の頭文字を刺繍しよう。久方ぶりに心が弾む夜だった。

二日後、雪芽は縫いあげた襟巻きを持って山に向かった。石垣を飛び越える勢いで犬が吠えた。潤浩が犬を叱りつけた。庭のストーブの上の大鍋から食欲をそそる匂いが漂っていた。中庭に続く倉庫にテーブルと椅子が用意されていた。

「雪芽さんの口にあうかどうか。冬には二、三度この内臓湯《ネジャンタン》をつくるのよ。近くに牧場があるから新鮮な牛の内臓が手に入るの。ニンニクと唐辛子をたっぷり入れて煮込むから風邪も引かずにすむのよ」

「大阪の同胞村《トンポトンネ》と言われる猪飼野では、臓物《ホルモン》焼きがご馳走だったわ。日本人が捨ててしまう臓物を安く買って、臭みをとるためににんにくや生姜をたっぷり入れて、甘辛いタレを揉みこんで、網に載せて焼いて食べるの。もうもうと煙があがるの。煙いけど、早く食べたいものだから網に顔を近づけて、前髪を焦がしそうになったこともあるわ」

「聞いてるだけで涎が出るな。どれ、どこかでドラム缶を調達してこよう。その上に大きな網を乗っけて、今度は臓物を焼いて食おう」

「じゃあ、わたしは野菜を準備するわ。キムチやナムルやチシャ菜を」

　明花が大きな器に内臓湯をよそった。潤浩がアルミの器にマッコリを注いだ。青唐辛子に味噌をつけて齧り、大根のキムチを音をたてて噛み、匙で熱い汁を胃に流し込む潤浩の食べっぷりは見ていて気持ちが良かった。

「この辺り一帯は失われた村なんだよ。畑仕事をするかたわら牛や馬を育てていたんだ。広い草原が拡がっているから、牛や馬を放牧するのに適していたんだ。それが……。ある日、いや、あの日だ。四・三を体験した人間にはすべて、あの日があるんだ。身内の誰かが殺されたあの日があるんだ。一九四八年陰暦十月二十日だ。急に疎開令が出され、村人たちは何も持ち出せないまま下の村に下りていった後、村は焼かれて灰になったんだ。その時に五十数名が殺された。牛や馬も繋がれたまま焼き殺された……」

「何も内臓湯食べてるときに、そんな話をしなくても……」

「いや、あらかた皆の胃袋におさまった頃合を見計らって話してるんだ。今日、俺たちの胃袋におさまった内臓湯は、存分に生きて成仏した牛の内臓だ。それが、つながれたまま焼き殺された牛や馬の無念を考えると……」

「あの頃、わたしたちは雪芽さんが今暮らしてる村の東側で暮らしていたの。風に乗って牛や馬の悲鳴が聞こえてきて、とても怖ろしかった。外に出て山のほうを見るといくつも火柱が立って、火種が風に運ばれてこっちにまで飛び火するようで怖かった。大勢の村人が殺されたけど、人間の悲鳴は聞こえなかった。あまりに残酷だから風が吹き消したのかもしれないねえ……」

「泣くことさえ罪に問われた時代から、大声で泣くことが許されたんだ。四・三は国家権力によって行われた良民虐殺だと、盧武鉉《ノムヒョン》大統領の謝罪を聞いて、俺たちは腹の底から泣いた」

「泣いたわねえ、わたしたち、テレビの前で抱きあって泣いたわねえ」

「雪芽さん、ご両親の行方を俺たちも捜すよ。生きておられたら存分に嬉し泣きし、もしもそうでなかったら……存分に悲しめばいい」

三人はアルミ茶碗にマッコリを注ぎ、また乾杯した。雪芽がリュックから、手作りの襟巻きを出した。

「まあ、これ雪芽さんがつくったの？　素敵、これ素人の仕事じゃないわよ」

潤浩がさっそく首に巻いた。

「気に入ってもらえたら嬉しいわ。わたし、十歳の頃からずっとミシンを踏んできたの。最初はスリッパや靴の中敷を縫って、それからは子供服やらチョゴリの仕立てまで。ミシン一筋でずっと生活してきたのよ」

雪芽の脳裏に、賄いのおばさんの太い腕の感触がよみがえった。その太い腕に抱きしめられた数日後から伽倻と二人、おばさんの家に身を寄せて暮らした十数年を有り難く思い出した。一日でも早く、働き口を探さねばと焦る雪芽におばさんは言った。

「雪芽ちゃん、あんた、何も外で仕事を探さなくても、ミシンの技術があるじゃないか。あんたが伽倻ちゃんに縫ったおくるみやら布団を見ると、仕事は丁寧だし、既製品にはない味があるし。これを仕事にするんだよ。まず、おくるみを色違いで四枚ほど仕上げてごらん。あたしは猪飼野の女主だよ。誰が妊娠中で、誰が臨月間近か、みんな頭のなかに入っているんだよ。あたしが売りさばいて来てやるよ」

おばさんの言葉に励まされて、雪芽はミシンを踏み続けた。何より、まだ乳ばなれしていない伽倻に思う存分、乳房を含ませてやれることが有り難かった。顔の広いおばさんの尽力で、雪芽の手作業の丁寧さは口伝えに評判となり、売り歩かなくても少しずつ注文が入るようになった。伽倻が起きているときは一緒に遊びながら、注文品のデザインやそれにふさわしい素材を考え、伽倻が寝入るとミシン作業に取りかかった。

賄いの仕事を終えたおばさんが家に帰ると、食卓の上に雪芽の手料理が並んだ。

「有り難いねえ、疲れて帰って来ても、何もしなくてもご飯が出てくるんだから。それに、味付けがわたしとまるっきり一緒なのがおもしろいねえ」

「おばさんの料理で大きくなったから、わたしの舌がおばさんの味付けを覚えているのよ」

伽倻はおばさんが帰って来ると、急いで這っておばさんの膝によじ登る。おばさんの足の間にすっぽりおさまって、おばさんが口にはこんでくれる離乳食を口にする。雪芽はこんな微笑ましい光景を眺めていることが不思議に思えることがある。あのこと、が起こってから、自分のささやかな夢も未来も根こそぎ奪われたように思った。自分に残されたのは、自分のお腹にしっかりしがみついている胎児だけだった。いっときは疎ましく思えたその胎児が無事に育って、ささやかな日常に喜びを与えてくれているのだった。

おばさんは雪芽にひとつの提案をした。

「チョゴリの仕立てを習ったらどうだい？　ちまちましたものを数多く縫うよりも、ずっと早く仕上がるし、実入りも多いよ」

おばさんが仕立て職人に話をつけてくれた。おばさんが仕事を終えて家に戻ると、雪芽は伽倻をおばさんに預けて家を出た。まだ二十歳をすぎたばかりの雪芽だった。一人で出歩くのも嬉しく、新たに何かを学ぶのも嬉しかった。雪芽は毎晩、弾む足取りで家を出、弾む足取りで家に戻った。採寸、生地の選び方、裁断、縫製、それらを会得するのに一ヶ月もかからなかった。ほどなく仕立て職人から仕事を回されるようになり、生地を持って帰って家でミシンを踏んだ。ほとんどが結婚式用のチョゴリで、部屋の中が花が咲いたように華やかになった。

「雪芽ちゃん、あんたまだ若いんだから、もう一度、花嫁衣裳を着たらどうだい？」

「おばさんがもう一度、花嫁衣裳を着るなら考えるわ」雪芽が軽口をたたいた。

おばさんは夫がいるにもかかわらず、もうずっと寡婦として暮らしてきた。植民地時代に働き口を求めて大阪に行った夫は、最初の数年は手紙とともに生活費を送ってきたが、その後は連絡が途絶えた。おばさんは済州島の痩せた土地を耕しながら、老いた姑と息子のために懸命に働いてきた。姑が老衰で亡くなった。おばさんは意を決して、息子の手を引いて君が代丸に乗り、大阪に向かった。家族は一緒でないと、一緒に苦労するもんだ、その一念だった。

ようやく探し当てた家から、簡単服を来た女がバケツを持って出て来た。家の前の道に打ち水をしようと柄杓を振り上げた。遠くからでも女が身ごもっているのがわかった。日本の女だった。夫が坊やを肩車して出て来た。絵に描いたようななごやかな光景だった。こちらは息子が一人、あちらはもうすぐ二人になる。しばらくその光景を眺めていたおばさんは、踵を返した。その日以降、おばさんは亭主は死んだものと心を決め、息子と二人で暮らしてきたのだった。

　遅くに結婚した息子に子どもができた。遅れを取り戻すように次の年も子どもが産まれた。息子からも働いている嫁からも、こちらに来て欲しい、一緒に住んで家事や子育てを手伝って欲しいと何度も乞われた。還暦前のおばさんは両肘の関節痛に悩んでいた。包丁を握るのさえ苦痛な時があるとこぼしていた。二十数年続けてきた賄いの仕事を辞める潮時かねえ、息子夫婦の役に立つ時に同居すべきだろうねえ、とおばさんは雪芽と話しこみながら、あんたたちと別れるのは寂しいねえ、伽倻ちゃんのそばにもっといたいんだけどねえと涙ぐんだ。

　雪芽はおばさんの寿衣《スウィ》（死に装束）を心をこめて縫った。還暦前に寿衣を贈るのは子としての孝道とされていた。縫いあがった寿衣を手にして、おばさんは泣き、長生きするよと言った。あんたたちがこの家でずっと暮らせるように家主に言っておくよ、家賃をあげるんじゃないよと念を押しとくよ、と言って笑った。町の区画整理があり、長屋が取り壊されるまで、雪芽はミシンを踏みながら、伽倻とともにおばさんの家で暮らしたのだった。

「五日市場で親戚のおばさんが小さな薬草の店を出してるのよ。時間をつくって一緒に行ってみましょうよ。これだけの技術があれば、手作りの小物や何かを作って並べたら、充分に売れるわよ」

「そう？　じゃあ、済州島ファッションも勉強しないと」

「五日市は平日で一万人、休みの日には二万人が訪れるんだ。顔見知りをつくっておくと、いろんな情報が入る。ご両親のことも、そこから何かわかるかもしれんよ」

三人はまたアルミ茶碗を突き出して乾杯した。

「ねえ、あの黒いコムシンはひょっとして……」

倉庫の壁に立てかけてある古ぼけたコムシンを見て、雪芽が言った。

「ああ、祖母ちゃんが履いてたコムシンだよ」

「覚えてるわ、わたし。お婆さんが甕を背負い、潤浩さんが薪を背負って並んで歩いてたのを覚えてるわ」

「食うので精一杯だったから、写真一枚残せなかった。あのコムシンは遺影代わりだよ」

明花がコムシンを手に取り、胸に抱いた。

「あの日、置き去りにされてたら、わたしはきっと生きていなかった。恐怖で動けずにいたわたしを抱きかかえてくれた婆様。孫の潤浩さんと一緒にわたしを育ててくださった……。そして、こうして潤浩さんと結婚できたのも婆様のおかげなのよ」

「祖母ちゃんと三人で野鼠のように暮らしてきたんだ。討伐隊の奴らに追われて、山の中を転々として息をひそめて暮らしてきた。数年後、やっと自分の村に戻ることができたんだ。一人、二人と村人たちが戻って来た。村を再建するにも何もかもが足りない、いや、足りないいんじゃなくて無いんだ。何もかも燃えちまった村で、けれど、自分の村に戻れた喜びと、もうこれで殺されることはないという大きな喜び、それだけを糧にして皆が力を合わせて少しずつ村を再建してきたんだよ」

「あの頃は焼け落ちた村の掘っ立て小屋のようなところで暮らしてたの。婆様を真ん中にして、右がわたし、左が潤浩さん」

「村に戻ってから、祖母ちゃんが俺たち二人にこう言ったんだ。おまえたちは犬や猫じゃない、この先も一緒に暮らしていく気があるのかい？　俺も明花もうなずいた。なら明花が十六歳になるまで待ちな、それまでは兄妹のようにして暮らすんだよ、と」

「祖母ちゃんにそう言われて、俺に責任感が芽生えたんだよ。俺の嫁さんになってくれる明花に、野鼠のような暮らしをさせちゃいけない、いつも明花の笑顔を見ていたいと思って懸命に働いてきたんだ」

「わたしが十六歳になった頃には一間っきりの掘っ立て小屋が部屋二つの家になったの。台所が真ん中で右と左に部屋があったの。小さな庭に野菜も植えたわ」

「あの日、明花の誕生日に祖母ちゃんがこう言ったんだ。お金が無くて結婚式は挙げられないけど、今日は二人の結婚式だよ、今日から二人は夫婦になるんだよって」

明花が顔を赤らめてうつむいた。

三人はアルミ茶碗にマッコリを注ぎ、また乾杯した。酔いのまわった潤浩は蜜柑倉庫の隅で毛布にくるまった。すぐに鼾がきこえてきた。明花が収穫した蜜柑を雪芽に持たせた。

「丹精込めて育てた蜜柑よ。最初の年は苗木を十本買って、畑の隅に植えたの。政府がこれからは蜜柑栽培に力を注いで農家の所得を増やすんだと言っても、うちにはお金が無いから、それだけしか買えなかった。無事に根付くかどうかも不安だったし」

「蜜柑の木は大学の木とも言う」

いつの間に起きたのか、潤浩が毛布を体に巻きつけて胡坐をかいていた。

「蜜柑の木は子どもと一緒だ。面倒みすぎてもいかん、ほったらかしでもいかん。愛情もって接していれば蜜柑の木はそれに応えてくれる。最初の苗木が五月になって白い花を咲かせたときは嬉しかった……」

「白い五弁の可憐な花でね、近づくと甘い香りがするのよ」

「次の年からは毎年、苗木の数を増やしていった。そして……俺たちに一人息子が生まれた。俺は俺に似たらどうしようかと思ったが、どうやら遺伝ではなかった。安心したよ」

明花が軽く潤浩を睨んだ。

「俺に似たのか、明花に似たのか、勉強ができてね。馬は済州島に送り、人はソウルに送れというが、ソウルの大学に合格したんで今じゃソウル暮らしだ。それもこれもこの蜜柑のおかげだよ。蜜柑栽培で得たお金で、息子を大学にまで行かせることができたんだから……」

「息子はソウルで結婚して、二人の子どもにも恵まれたの。夏には家族四人でここに遊びに来るわ。いっぺんににぎやかになるのよ」

二人の笑顔に見送られ、リュックに入れた蜜柑の重さを感じながら、雪芽は山道を下った。家の近くまで来ると日はとっぷりと暮れ、真っ暗な沖は金の粒を撒き散らしたような漁火できらめいていた。

金蒼生（キム・チャンセン）

1951 年生。日本の大阪で生まれ育った在日二世。作家。

著書に『わたしの猪飼野』『赤い実―金蒼生作品集』『イカイノ発コリアン歌留多』『済州島で暮らせば』『在日文学全集 10 巻』など。

訳書『済州島 4・3 事件　第 6 巻』など。

2010 年 10 月、済州島に移住。

風の声　定価：本体価格 1,500 円＋税

2020 年 4 月 3 日　第 1 刷発行

著　者　©金　蒼　生

発行者　高　二　三

発行所　有限会社 新　幹　社

〒 101-0061 東京都千代田区神田三崎町 3-3-3 太陽ビル 301

電話：03(6256)9255　FAX：03(6256)9256

mail：info@shinkansha.com

挿画・金蒼生　装幀・白川公康

本文制作・閏月社／印刷・製本（株）ミツワ印刷